—————— 阅读之前 没有真相

午 夜 文 库

代号D机关
第一部　JOKER GAME

（日）柳广司 著
高詹灿 译

新星出版社 NEW STAR PRESS

目录

1	JOKER GAME
41	幽灵
79	鲁宾逊
119	魔都
159	XX

JOKER GAME

1

"我热爱日本文化,到目前我已经看过艺伎、富士山,就只剩切腹秀了。我十分期待你的表演,请!"

美国技师约翰·高登不怀好意地笑着,挡在门口的身躯侧向一旁。

"上!"

佐久间低声发号施令,背后待命的宪兵队马上冲进屋里。

"噢,我家严禁没脱鞋就进来。队长先生,请交代你的部下脱鞋!"

佐久间无视高登的抗议,自己也穿着鞋走进屋内。

佐久间经过高登身旁时,从他压低的宪兵帽帽缘底下,斜眼窥望这名站在门边的美国人。他身材高大、金发、鹰钩鼻、蓝灰色的眼瞳,典型的外国人长相,却偏偏穿着纯正的日本服装。

亲日人士。

就佐久间出发前看过的报告书来看，这点确实毋庸置疑。

约翰·高登三年前接受了日本一家大型贸易公司的聘请，来到了日本。从那之后，他成了"日本文化的俘虏"，在日本长住下来。他在贸易公司里负责检查进口的精密机械，在神田租下一间传统的日式住宅。他端出和室桌，用筷子吃饭，晚上喝的是日本酒，就寝时睡在榻榻米上，还学习了三弦琴，和艺伎同乐，彻底融入了日本生活。

佐久间之前阅读的报告书中甚至还提到，他"早晚都会合掌膜拜天皇夫妇的玉照"，邻居也对他赞不绝口。除了一激动起来，便连珠炮似的猛说英语，他所过的生活比现今一些洋腔洋调的日本人更有日本味。

然而，这位高登如今却突然被怀疑是间谍。原因在于，有名因其他案件被逮捕的男人禁不住严刑拷打，供出了他的名字。据说，高登暗中偷拍陆军使用的暗号表。

这样已算有充分的嫌疑，不过……

"去扣押证物。"陆军的武藤上校似乎又宿醉了，以相当不悦的沙哑声说道，"这家伙肯定是间谍。不过像这种卑鄙龌龊的家伙，只要没把证据摊在他眼前，他便会一直敷衍搪塞。你要带回确凿的证据，让他无话可说。"

佐久间前阵子到参谋总部报到时，武藤上校指着他的鼻子下了这道命令。

他经过高登身旁，一脚踏进光线昏暗的日式住宅后，突然莫名觉得有哪里不对劲，便停下了脚步。他转过身，再次确认"目标"。

——这家伙肯定有鬼。

佐久间领军的宪兵队不只是日本人，就连居住在日本的外国人也闻之色变。然而，当"恶名昭彰"的宪兵队已经闯进家中时，高登却只是摇着头，佯装困惑，那对蓝色眼珠仍旧泛着笑意。

（他到底是哪儿来的自信？）

佐久间像是要寻找答案似的转头望向这次任务开始后，便如影随形紧跟在他身后的三好少尉。

三好的宪兵帽戴得特别低，看不见他的双眼，只能勉强看见下半张脸——就像能面一样面无表情，完全看不出情绪。

（难不成我刚才犯了严重的错误……）

他清楚的感觉到在略嫌紧绷的制服下，一道冷汗从背后滑落。

蓦然间，那个人称"魔王"的男人的黑影，从他脑中掠过，复又消失了。

2

佐久间是在一年前的昭和十三年（一九三八年）四月，首次见到那个男人。

"你真是太蠢了。"

站在窗边的黑影突然说道。

清晨的阳光正好从几乎占去一面墙壁的窗户射进屋内。

佐久间一语不发，因逆光而眯起眼睛。这时，黑影突然从窗边移开，以略显生硬的动作绕过挡在两人中间的大办公桌，来到面向他立正站好的佐久间身旁。

"有人会穿着西装敬礼吗？"

黑影在他耳边低语。

佐久间猛然察觉对方话中的含意，急忙解除敬礼的姿势。

感觉到对方离开后，佐久间缓缓吐出口中的冷气，这才转头望向之前只能看见一团"黑影"的男人背部。

男人浑身无一处赘肉，窄细的身躯显得异常瘦削。以日本人来说，他算是高个子，一头长发在脑后绑成一束，身穿一袭质朴的灰色西装。

结城中校。

堂堂大日本帝国陆军的高级军官。

佐久间方才会觉得他"动作生硬"，是因为结城中校拄着拐杖，拖着左脚行走。

结城中校在一张有椅背的大椅子上坐下。

"这么说来，你是参谋总部派来的间谍？"

对方冷不防说了这么一句，佐久间马上反驳：

"不，我才不会做出像间谍那样卑鄙的……"

佐久间话说到一半，又硬生生地吞了回去。

"间谍很卑鄙，是吧？"

办公桌对面的结城中校再度化为黑影，冷冷一笑。这时，佐久间想起参谋总部里的流言飞语，一阵寒意在背后游走。

——结城中校以前是位优秀的间谍。

传闻结城中校曾多年潜伏敌国，将该国重要的内部情报带给日本陆军。但后来因自己人的背叛，使得他身份败露，遭到逮捕。经过一番严厉审问和严刑拷打后，他伺机逃脱，并且偷偷将敌国情报机关的机密情报带回了日本。

可这终究只是传闻。

（又不是小孩子看的冒险小说，现实世界哪有这种人……）

初闻这个传言时，佐久间只是一笑置之。

他瞄了一眼结城中校摆在桌上微微交错的十指。尽管在屋内，结城中校还是戴着白色的皮手套。

听说他右手的五根手指，在敌国情报机关的拷问下严重扭曲，为了掩饰伤痕，右手始终戴着白色的皮手套。那次拷问也伤了结城中校的左脚，他得靠拐杖才能行走。而且，他隐藏在西装底下的背膀，至今仍留有令人看了发毛的伤痕。

（这怎么可能？现实世界里应该没有这种人才对……）

佐久间莫名出现了一种非现实的感受。

在结城中校的提议下，陆军于昭和十二年秋天设立了全新的"情报勤务要员养成所设立准备事务室"。

情报勤务要员养成所。

那是谍报员培训所，即"间谍培训学校"。当众人明白其设立的用意后，内部顿时引发强烈争议。

"陆军已经有参谋总部第二部第四班，以及第五课到第七课组成的'三课一班'来分担秘密作战，不需要其他组织。"

这是对外的借口；实际的原因是陆军内部有一股强烈地认为"情报活动是极其卑鄙的行为"的风潮，十分瞧不起这种作战方式。

"间谍只是一种权宜之计，本质上有违日本传统的武士道精神。"

有不少军方高层人士毫不避讳地公开表明这种态度。

就现实情况来说，他们所谓的"分担秘密作战"的"三课一班"，其实只是少数几名参谋将领像是在进行某种见不得人的行为似的，勉强支撑着罢了。

而在这时候，陆续发生了外国间谍引起的机密情报外泄事件。

军方为了解决这个漏洞，便修正陆军省①法规，使得"间谍（及间谍培训所）无用论"也一时消声匿迹。

不过，在培训所接受间谍训练的"学生"并非陆军士官学校或陆军大学②的毕业生，而是从一般大学毕业生中挑选。这项决定在陆军内部又引发了轩然大波。

——除了军人以外，其他的人都不是人。

对这个想法早已深入骨髓的军人来说，这是很自然的反应。

"怎么能将军中的重大机密交给半调子的地方人来处理？"有人不屑地如此说道。

所谓的"地方人"是陆军用语，意指军人以外的平民百姓。

倘若是在学习期间被彻底灌输过军人精神的陆军士官学校毕业生，倒还另当别论，但如果要他们信任在"外面的大学"受教育的学生，根本就是天方夜谭。

还有另外一个众人不愿明说，却在陆军内部引发强烈反对的原因。

过去在陆军士官学校和陆军大学以优秀成绩毕业的"军刀组"，一律会被任命为各国日本大使馆的随行武官。任期通常为两年，最长也不会超过五年，一旦任期结束，几乎都会被调回参谋总部。

可以说是出人头地的最佳捷径。

——要是真设立了间谍培训所，我们会不会就此失去担任武官的可能？

不可否认，他们的心中都在担忧。

---

① 日本当时的政府机关之一，为大日本帝国陆军的行政机关，首长为陆军大臣，存在时间为一八七二年至一九四七年。
② 大日本帝国陆军培养参谋将校的养成学校，存在时间为一八八三年至一九四五年。虽有大学之名，但只有军人才能入学。

不管再怎么抬头挺胸地主张自己是"伟大的大日本帝国陆军",但既然军队是一种官僚组织,就要努力保住自己的既得利益,这也是组织化的必然结果。

之后的"高层"展开何种角力,下面的人就不得而知了。

一年半之前,武藤上校将佐久间陆军中尉唤至跟前,当场命他调任至"情报勤务要员养成所设立准备事务室"。他被指派的任务是负责与参谋总部进行联络。

看来,陆军高层同意让结城中校开设"间谍培训学校"(文件上记载为"D机关")的条件是他得同意接纳参谋总部派来的人。

不管怎样,对军人来说,上级的命令就是一切。

佐久间也没问清楚缘由,一接到任命,便准备动身前往新的任务地点,但下达这项命令的武藤上校却板着脸叫住他。

"你有西装吗?"

"西装?"佐久间不禁反问。

"如果没有,就去置办一件。还有,用不着那么急着去。对方吩咐过,'在头发留长前不必过来'。"

武藤上校从办公桌的文件中抬起头来,注视着佐久间的头顶。

不看也知道,既然是陆军的职业军人,一定是顶着一颗"小平头"。

"这是对方提出的要求。他说'我们是谍报员培训学校,那些身穿军服、理着小平头的人,只要一看就知道是军人。不管是谁,一律不准在我们这里进出'。换句话说,只要你头发没留长,没穿西装,就不能去。在那之前,你就暂时在家里待命吧。"

说完后,武藤上校从椅子上站起,隔着办公桌,趋身凑向立正站好的佐久间。他吐出熏人的酒气,压低声音说道:

"你听好了……他们要是出了什么差错,马上向我报告,再小的差错也不能放过。只要一出差错,他们就完了,但如果没有的话……"

——这样你懂了吧!

那几乎不成声的恫吓,在佐久间耳中回荡。

3

"佐久间队长!"

转头一看,一名宪兵队的队员在佐久间右前方,在与他相距三步的距离朝他敬礼。

"队员已完成在屋内的配置,随时都能展开调查。"

"嗯。"佐久间沉吟一声,再次转身望向身后的三好。后者还是将眉眼深藏在宪兵帽里,完全看不出他的表情。他肤色苍白,配上以男人来说过于红艳的薄唇,嘴角轻扬,泛着冷笑……

佐久间将视线移回前方。那名身穿制服,朝他敬礼,等候他命令的男人,也以同样的方式戴着宪兵帽。别说表情了,佐久间就连此人的身份也无从分辨。

——他是波多野……不,是神永吗?

佐久间咬紧牙关,强忍住想问清楚他是谁的冲动。

"……开始。"

佐久间一声令下,各就各位的宪兵立刻同时展开调查。

分散于各个房间的男人分别拉开衣柜和抽屉,丢出里面的东西;打开壁橱;往阁楼里查探;扯开拉门……

"喂,你们怎么这样!这里是我家,那是我的东西。擅自破坏他人的东西，是不对的！"

屋主高登马上夸张地提出抗议。

他们不予理会。高登变得面红耳赤，开始连珠炮似的说起了英语。

过了一会儿，耳边传来一阵低沉轻细的声音。

"……我严重抗议……日本宪兵队……擅自破坏我的物品……此事就算是负责人'切腹'也不可原谅……我要向大使馆提出抗议……一定要让它成为国际问题……"

三好逐一翻译高登连珠炮似的英语。

佐久间在事前就知道"目标"一激动起来就会猛说英语，因此才特地带来三好担任随行口译，然而……

——好吵。

佐久间不禁蹙眉。

就算没有口译，他也听得懂高登的英语。

用英语和日语连听两次同样的抱怨内容，只会更加痛苦。

但是他现在不能表现出情绪。

佐久间尽管心里不耐烦，仍不忘环顾四周。

现场有十一名男人身穿宪兵制服，深戴着宪兵帽，动作利落地在屋内调查。

连佐久间看了也觉得煞有其事。

应该没人会认为他们是假宪兵吧？

（这群怪物……）

他将溜到嘴边的咒骂吞回腹中，内心苦涩不已。

谍报员培训学校第一期生——"D机关"第一代的考生，打从他们接受选拔考试的时候起，佐久间便见证了一切。

那真是一场稀奇古怪的考试。

举例来说，有人被问及从他走进这栋建筑一直到考场，总共走了几步，走过几个阶梯。

也有人被要求打开世界地图，从中找出塞班岛的位置，不过塞班岛已在事前被考官巧妙地从地图上移除。如果考生明确指出这点，接下来则是被问，在地图和桌子中间放了什么东西。

还有一种测验方式是先让人念几段没有任何意义的句子，过一段时间后，要人倒背出那些句子。

佐久间看在眼中，只觉得这些测验真是"荒唐"，因为他不认为有人能受得了这种问题。

但吃惊的是，这些考生面对这些莫名其妙（就某些层面来讲，还相当荒唐）的问题，竟然还有不少人可以若无其事地回答出来。

正确回答出从走进这栋建筑到考场间的步数和阶梯数的人，甚至还没等考官问，便自己指出途中走廊窗户的数目、是开还是关、有无裂痕。

被问到地图和桌面中间放置何种物品的人，非但正确答出了墨水瓶、书、茶碗、两支笔、火柴、烟灰缸等十种物品，甚至连书脊上所写的书名，乃至于抽了一半的香烟是什么牌子，也准确地说了出来。

至于那名被要求将没意义的句子倒背出的考生，则是一字不漏地说出所有内容。

佐久间也是以优秀的成绩毕业于陆军士官学校的，称得上所谓的"精英"，对观察力和记忆力都有相当的自信；但他也只能以"异常"来形容这些人的能力。

——这些人到底是何方神圣？他们之前都藏身何处？

佐久间的疑问马上被一道高墙反弹回来。

考生的经历，甚至是姓名、年龄，一切都是"最高机密"。

单凭服装和态度来判断，考生当中没有任何人是陆军士官学校的毕业生，似乎都是东京或京都的帝大、早稻田、庆应等普通大学的毕业生，个个看起来都像是没吃过苦的青年。佐久间后来甚至听说考生当中不乏有帝大教授、上将、高官的儿子，以及有留学经历的人。

不知结城中校依靠什么标准，从这些考生中挑出了十几名人选。

这些被选中的人全部一起生活，并接受间谍培训。

不过他们受训的这处场所，实在很难称得上是什么了不起的设施。它坐落在九段坂下的爱国妇人会总部后方，是一栋老旧的双层建筑。这栋建筑会让人联想到乡下小学，墙上的油漆已经斑驳脱落，古意盎然的入口门柱上很不自然地悬吊着一小块木牌，上面写着"大东亚文化协会"。

作为"未来间谍"的培训处，这里实在太过简陋。

佐久间一开始造访此处时，甚至还怀疑过，"就像间谍一样，难道这栋建筑本身也是一种伪装？"，但真相揭晓后，他才知道根本没那么复杂，只是缺乏经费罢了。

陆军内部似乎依旧对设立谍报员培训所一事极为反感，因而删减了原本的预算。这栋建筑是接收昔日陆军使用的老旧鸽舍，加以临时改建而成。

后来陆续有人加入或退出，最后留下十二名学生。

——不，是十二名怪物。

这是这一年来，看着他们训练的佐久间唯一的想法。

D机关的训练内容非常多样化。

举例来说，有炸药和无线电的使用方法，汽车和飞机的驾驶，学习多种方言和外语，还请来知名大学教授担任讲师，就国家体制、宗教学、国际政治，乃至于医学、药物学、心理学、物理学、化学、生物学等方面进行授课。而学生之间，也会针对孙子、康德、黑格尔、克劳塞维茨、霍布斯以及佐久间连听都没听过的思想家和军事家，展开艰深的讨论。另一方面，也会从监狱带来专业的小偷和开保险箱的惯犯，指导学生这方面的技巧。除了传授靠一根铁丝开锁的方法外，也教授魔术手法、舞技、台球技术等，并找来歌舞女优指导变装术，以及请专业的"小白脸"示范如何对女人花言巧语……

所有学生都被要求穿着衣服在冷水中游泳，之后彻夜不眠地前往他处，而且被要求将默背的复杂暗号使用得犹如平日所用的语言。

D机关还训练他们在伸手不见五指的黑暗中，光凭指尖的感觉来拆卸短波收音机，再组装回可以使用的状态。还要求他们用一根竹片不留痕迹地拆开信封，以及一眼便能看出镜中左右颠倒的文字，并牢记脑中。

无论指令信多么复杂，都得在看完后当场撕毁——而他们也受过如何复原被撕毁的指令信的训练。

所有学生都能轻易地完成这些耗费精神与肉体能力极限的训练。

不只如此。

在这些艰深的课程和超乎想象的严格训练结束后，这群学生还经常晚上出外逛街。D机关为学生准备的宿舍没有宵禁时间，晚上是否要出去，是个人自由。佐久间总是心有不甘地目送那些学生晚上三三两两地结伴出游。

——这和我毕业的陆军士官学校简直就天差地别。

话虽如此,他可一点都不羡慕这些学生。

对佐久间而言,陆军士官学校时代的同学和他亲如兄弟。他们一起忍受教官和学长的磨练,一人犯错,同期的全体学生都甘愿一起连带受罚。接受完严格的训练,返回宿舍后,大家掏心挖肺,无话不谈。对一些说丧气话的同学,大家会一同出言勉励,热泪相对,而最后一定是相互立誓,要为保家卫国贡献心力。

佐久间至今仍可马上在脑中浮现几名同学的样貌。为了他们,就算失去生命也愿意,至少他是真的这么想。就某个层面来说,他们比亲兄弟还要亲,他们是一起吃大锅饭的兄弟。

而这里的学生则是……

三好、神永、小田切、甘利、波多野、实井,佐久间知道的这些名字全是假名。尽管大家也是一起吃大锅饭,但却以假名互相称呼。一旦有人问起,大家便以 D 机关事先准备好的假经历来回答——虽然一起接受严格的训练,却连同期受训的同伴的真名也不知道。

——他们怎么受得了这种生活?

佐久间替他们感到悲哀,而且一点都不羡慕他们。

某夜,佐久间行经餐厅前,突然停步。

所有学生罕见地聚在餐厅里,不知在讨论什么议题。当佐久间听清楚他们讨论的内容时,马上脸色大变。

——日本真的需要天皇制吗?

佐久间猛然拉开餐厅大门,打断了发言者。

"你们这些家伙!"

当中几名学生缓缓转向佐久间,每个人都神情泰然。令人惊讶的是,他们甚至不像喝了酒。

"你们到底在胡说些什么……竟然说出如此大逆不道……"

他气得说不出话来。

众人望着佐久间,脸上浮现出扫兴的神情。

"我们只是在讨论它的可能性。"在场的三好开口道,"我们刚才在确认天皇制的正统性与合法性的问题。"

——正统性?

佐久间为之愕然。

他差点就反射性地立正站好,好在极力忍住了。

军中的常识是只要提到或听到"天皇"二字,就得立正站好。如果有人一时疏忽,保持"稍息"的姿势,一定会被赏耳光,有时就算因此被关禁闭,也不敢有怨言。但在这里,反而是听到"天皇"二字时,若是立正站好,就会被罚款。

"一听到'天皇'会马上立正站好的,就只有军人了。"

佐久间前来报到的当天,结城中校以极其冰冷的口吻向他说明这里的规则。

"就算穿西装,留长发,但只要一听到'天皇',便马上做出让周围的人明白'我是军人'的动作的人,我可不想让他在这里进出。我之所以立下这项罚款规则,就是这个用意。"

说完后,结城中校露出冷笑。

"不过坦白地说,因为军中的大人物看我不顺眼,所以我拿不到足够的预算。如你所见,我们只是个穷单位,所以我打算将你支付的罚款,有效地利用在其他方面。"

佐久间也的确支付过几次金额不小的罚款。

不,比起罚款,更刺激的是佐久间每次罚款时,学生们嘲讽的眼神。

——你那是单纯的反射性动作吧,怎么会连自己的反应都没办法控制?

甚至有人一脸诧异地当面对他这么说。

最近他听到"天皇"二字,终于不会再立正站好了。然而……

这是两回事。

佐久间隔了一会儿后问道:

"这么说来,你们正在讨论现人神①天皇陛下的正统性,是吗?"

"还有其合法性的问题。"

眼角余光到处,一名肤色苍白的学生也神色自若地颔首。

"因为现今亚洲各国并不接受天皇制所表现出来的特殊性,所以我主张应该回归美浓部②教授提倡的天皇机关说③,从最基本的原理加以重新建构。不知佐久间先生您的看法是……"

"你给我跪下!"

当佐久间回过神来时,他已经发出了这声咆哮。他把手伸向腰间打算拔刀,这才发现自己穿的是西装而不是军装,因此气得咬牙切齿。

"别那么激动,和我们一起讨论吧。"

"混账东西,我和你们没什么好谈的!我明天就要向参谋总部报告此事,到时候总部就会决定怎样处分你们,在那之前,你们就准备好受死吧!"

---

① 对天皇的尊称,意指天皇是以人的姿态现身的神明。
② 美浓部达吉(1873—1948),日本战前的宪法学者、政治家,以天皇机关说和大正民主的代表理论为人所知。
③ 大日本帝国宪法下确立的宪法学说,主张统治权在于国家,天皇为最高机构,在内阁及其他机关的辅佐下行使其统治权。

佐久间放声咆哮,这时,一道黑影悄然无声地从他背后冒出。

黑影戴着白手套,以拐杖支撑倾斜的身体。

"怎么回事?"

结城中校环视在场众人,如此问道。

三好一脸扫兴地说明始末后,中校抬起手,在面前轻挥几下,说了一句:

"你们继续。"

"怎么会这样……"

佐久间哑口无言,结城中校转身对他说:

"你说天皇是活神明?日本人真的会讲这种话,也就是这十年间的事。在明治之前,京都以外的人甚至已经忘了天皇的存在。现在突然将他尊奉为'活神明',想必他也很困扰吧。"

"你……"

"你要信仰什么,是你的自由。管它是基督、穆罕默德,还是沙丁鱼头,你爱信就信吧——如果这真的是你用自己的脑袋想通后,而决定要相信的话。"

因为冲击过大,佐久间震惊得喘不过气来。

如果在"外面"说这种话,肯定马上会因为大逆不道的罪名而被逮捕。

结城中校的双眼眯成一道细缝,接着说道:

"你别忘了,这里是间谍培训学校。学生离开这里后,会分散至世界各地,势必得让自己成为'隐形人'。他们和那些跟在外交官身后,在国外待两三年就回国的武官不同,不像他们那样轻松自在。要独自在陌生的土地待上十年、二十年,甚至更久……要融入当地,化身为'隐形人',收集该国的情报,将情报送回国内。不能让任何人知道自己的身份，就算情况有变，也无法和任何人商量。间谍让人知道了身份，也就是被敌人发现的时候，就只有失败；不想失败，就不许有片刻的松懈。你能想象那是什么样的生活吗？"

佐久间答不出话来。接着，结城中校缓缓将目光移向餐厅里的学生。

"未来只有一片漆黑的孤独在等着你们——孤独与不安。不久，你们甚至会怀疑起自己的存在来。这时，由外部支撑起的一切虚幻之物，会像沙堡一样，随时间慢慢崩毁。到那时候，大部分人都会放弃任务，被敌人发现，或是投靠敌人，要不就是发疯。"

结城中校说到这里停顿了片刻，再度向佐久间问道：

"如果你是间谍，被敌人识破身份时，你会怎么做？"

"到时候，我不是杀了敌人，就是当场自尽。"

佐久间马上抬头挺胸回答道。

武士道就是要看透生死。

重视名誉。

死得壮烈，是武者的荣誉。

在军中，一开始便会被彻底灌输这种精神。不是杀敌，就是自杀。除此之外，没别的选择，应该是这样才对……

但餐厅里的学生一听到他的回答，纷纷笑出声来，令佐久间无法理解。

"对间谍来说，杀人和自杀是最糟糕的选择。"

结城中校摇着头说。

——杀人和自杀……是最糟糕的选择？

军人不是一群可以接受杀人和自杀的人组成的集团吗？

"我不懂您这番话的意思。"

"间谍的目的是将敌国的机密情报带回国内,从而有利于推动国际政治。"

结城中校始终维持着同一个表情。

"而另一方面,死亡无论是对个人还是对社会,都是重大的不可逆的变化。要是有人死亡,该国的警察一定会出动,而警察组织的特性就是必须将秘密完全晾晒在阳光下才肯罢休,有时会使之前谍报活动的成果全部化为乌有……不用想也知道,间谍杀死敌人,或是自杀,只会引来周遭的查探,是既没意义又愚蠢的行为。"

——自杀……是既没意义又愚蠢的行为?

佐久间只觉得气血直冲脑门。

"这是怯懦的想法!"

他回过神时,话已脱口而出。

"我还是觉得间谍是卑鄙的存在。"

结城中校眼中浮现一丝笑意。

"那我问你,你自杀之后会怎样?"

"要是我死了……"佐久间思考片刻后,回答道,"就能在靖国神社里,抬头挺胸地和我昔日的同学见面。"

"哦,这么说来,你是为了能够骄傲地在靖国神社和同学见面才去死喽?不过,要是见不到怎么办?"

"不可能见不到。"

"为什么?"

"为国捐躯的烈士,都会被供奉在靖国神社里。"

"原来如此。"

结城中校微微颔首,转身面向所有学生。

"三好,你怎么看?"

"居然一再重复同样的内容,好厉害的沙丁鱼头①,调教得真彻底……"

三好瞄了瞄佐久间,耸了耸肩。

"这就和新兴宗教一样,只要离开那封闭的集团,这种观念就不会维持太久。"

三好一面说,一面冷静地观察佐久间的反应,那眼神就像是要喂老鼠新的饲料。

"神永,你呢?"

结城中校问。

"我的看法和三好一样。例如,日后日本战败时,他们也会马上很轻易地就相信这种完全相反的结果。"

(竟然还说日本战败……)

这次佐久间真的惊诧得说不出话来。

这些人到底在想什么?他们的脑袋是怎么回事?

"金钱、名誉、对国家的忠诚,甚至是死亡,全是虚幻之物。"结城中校对茫然的佐久间视若无睹,朝所有人说道,"在未来等着你们的,是一片漆黑的孤独。当中支撑你们的,不是外部给你们的虚幻之物。你们要成功执行任务,唯一需要的,是在变化多端的各种情况下,马上能作出判断的能力,也就是在各种场合中靠自己的头脑去思考……天皇制是对是错,这个题目很好。你们就好好地彻底讨论吧。"

语毕,结城中校用拐杖支撑着他倾斜的身躯,像影子般走出餐厅。

---

①日本的谚语,意思是只要信仰够虔诚,就算是沙丁鱼头也会受人景仰。

佐久间扫视着这群为了调查证据，而在屋内来回走动的假宪兵，回想起昔日那段对话，心里很不是滋味。

（他们担任间谍的目的，甚至不是为了名誉和爱国。）

想到这里，一股厌恶感从他的心底涌现。

但真的有可能做到吗？一辈子不爱任何人，什么也不相信，这样有办法活下去吗？

到头来，真正驱策这群人的动力，竟然是……

——如果是我，我一定办得到。

就只是这种近乎可怕的自负。

就佐久间所知，只有无情无义的人才能过这种生活。

4

两天前，佐久间传达他从参谋总部带回来的命令后，结城中校诧异地眯起眼睛。

"要我们调查这个人？"佐久间递出约翰·高登的资料，结城中校也没细看，就直接抛向办公桌，然后说道，"说出个理由吧。"

"如同我刚才所说的，这个目标目前有间谍嫌疑。"

不得已，佐久间只好再说明一遍。

"武藤上校很期待能搜出明确的证据，以证实目标的嫌疑。"

"证据？愚蠢透顶，找出那种东西做什么用？"

结城中校如此回答。

"咦？您刚才说什么？"

"就算不调查证据，只要放着他不管，不久他就会自己消失。"

——自己消失？

佐久间怀疑是自己听错了。

"高登有可能偷拍我大日本帝国陆军的暗号表，嫌疑重大。您刚才说他会自己消失，意思是要'放他逃脱'吗？"

"当间谍被人怀疑时，一切就结束了。被人怀疑的间谍还有什么意义？现在才逮捕一名形同残兵的对手，又有何用？"

"或许是这样没错，可是……"佐久间一时为之语塞，但他马上加以反驳，"只要逮捕他，加以审问，或许能逼他说出这次泄露机密与何人有关，或是查出一些我们不知道的相关人士。"

"从他的做法来看，是单独犯案。就算逮捕他，也问不出结果。"

"目前参谋总部对我们不只要求训练，也要求要拿出实际的成绩来。"

不得已，佐久间只好进一步说出实情。

"武藤上校说：'这是个好机会，一定要带回证据来。'换言之，这是对 D 机关正式下达任务命令。"

"真是个没意义的任务。"

"不过，命令终究是命令。"

结城中校暗淡无光的双眼，望向紧缠不放的佐久间。

"我明白了。只要扣押证据就行了，对吧？"

结城中校面无表情地说道。

他叫来了"D 机关"第一期的其中一人——三好少尉。

三好在佐久间面前，以惊人的速度将高登相关的调查书看过一遍后，马上归还资料说道："那么，要怎么处理？"

"伪装成宪兵队，闯进屋内调查。"结城中校神色自若地说道，"三好，你担任现场总指挥。取得证据后，马上离开现场。在真正的宪兵抵达、引发骚动之前，大约有四十分钟的时间。办得到吗？"

"只要三十分钟就够了。"三好微微耸肩,转头对佐久间说道,"那么,就请佐久间先生担任宪兵队队长。"

"我担任宪兵队队长?"

这句话令佐久间大感意外。

"不是由你担任现场总指挥吗?"

"我会以口译的身份与你同行。从资料上看,要和目标直接对话,这么做比较好。"

"可是……"

"如果是真正的宪兵队,闯进外国人家中却不带口译随行,那太不自然了。因为那些人不可能听得懂外语。"

经他这么一说,佐久间无法反驳。

"那么,就决定在两天后的八点执行。我会转达所有人。"

三好轻松地留下这么一句后,就准备开门离去。佐久间急忙叫住他:"要是闯进屋内后,查不出证据怎么办?"

三好惊讶地望着佐久间。

"……应该有吧?"

三好像童话故事里的猫一样,咧嘴一笑,消失在门后。

任务当天。

D机关的学生按照预定计划伪装成宪兵队,突袭目标的住宅。

约翰·高登一开始顽固地拒绝宪兵队进入屋内。

"我没做任何坏事。我明明没做坏事,为什么要调查我家?我不能接受!"

这名高大的美国人挡在门口,高声大叫。

他们想强行进入屋内,但高登张开双臂在门口昂首而立,不让佐久间一行人进屋。

高登比包围他的人足足高出一个头。他因激动而涨红的脸，看起来活像赤鬼。如果硬闯，肯定会引发不小的骚动。事实上，左邻右舍已开始陆续有人从门口探头张望这场意想不到的骚动了。

——没时间再继续僵持下去了。

正当佐久间内心开始焦急时，高登突然飞快地讲了一串奇怪的话。

"你们不要太过分……只有一次的话还好说……但第二次就不可原谅了！"

——什么？他刚才说什么？

佐久间不禁转头询问三好。

三好就像要为他的提问口译，低声朝目标说了些话。

蓦地，之前还板着脸、坚持拒绝他们进屋调查的高登，此时突然双目圆睁，接着拍手大笑。

"噢，我明白了，你可真敢说，有胆识。日本武士说到做到，对吧？"

他的态度骤变，令佐久间大为吃惊。

"怎么回事？你对他说了什么？"

三好神色自若地应道：

"我跟他说'如果调查后找不出证据，队长会当场切腹'。"

"什么……"

佐久间哑口无言，他事前完全没听说这回事。

美国技师约翰·高登泛着冷笑，原本挡在门口的身躯侧向一旁。

"我热爱日本文化，到目前我已经看过艺伎、富士山，就只剩切腹秀。我十分期待你的表演，请！"

只能先做好心理准备了。

"上！"

佐久间低声下令，这群假宪兵冲进屋内……

"队长先生，你怎么了？脸色不太好看呢。"高登对佐久间说道，"你的部下还要继续搜我的房子吗？你们再怎么搜，也搜不出的。"

他还是一样自信满满。

——他到底打算怎么善后？

担任现场总指挥的三好，一样面无表情，没任何反应。

该不会……

佐久间突然想到某个可能性，暗自咬牙。

（我又抽到鬼牌了吗……）

和那时候一样……

那是大约半年前的事。

佐久间发现学生聚集在餐厅里玩扑克牌，马上也加入其中。坦白说，佐久间并没有其他兴趣，扑克牌是他唯一的嗜好。

他对自己的牌技颇有自信。

但玩了几轮下来，佐久间始终没赢过。

并不是因为发到的牌太差。

每当佐久间拿到一手好牌时，其他人便会以低额的赌金下注；反之，当他拿到一手烂牌时，其他人一定以高额赌金下注。偶尔拿到好牌，提高赌金时，对手却一定打出比他更好的牌。

尽管牌桌上的对手不断更换，但佐久间还是输个不停。

——这也没办法，有时这运气就是这么背。

佐久间耸了耸肩，拿出口袋里所有的钱，放在牌桌上，这时学生才一脸歉疚地向他说明当中的玄机。

原来他们是串通好的。

站在后方的人偷看佐久间的牌，然后向牌桌上的人打暗号。

佐久间为之愕然。

由于大受打击，他甚至没想到卑鄙这个字眼。

"你们耍诈赢牌，有什么乐趣可言？"

佐久间低声反问，学生彼此对望。

"我们不是玩牌。"

"什么？那你们在干什么？"

"我们称它为'鬼牌游戏（JOKER GAME）'……"

"鬼牌游戏？"

"也就是说……"

他们介绍了一套极为奇妙的游戏。

在牌桌上玩牌不过是一种假象。玩家会把出入餐厅的人看做自己的同伙，再由同伙偷看对手的牌，以暗号通知玩家；但是参与的人不知道谁站在哪一边。所谓同伙的暗号，也许有假。玩家要看穿敌方的暗号，改变出牌方式，或是让敌方的间谍背叛，改站在自己这边。除此之外，似乎还有许多复杂的规则，但佐久间无法理解。

"为什么规则一定要这么复杂？"

"其实谈不上复杂。"一名学生耸肩应道，"充其量，不过就像国际政治罢了。"

"国际政治？"

"请把牌桌想成是国际政治的舞台。"另一人从旁插话，"如果情报完全泄露，绝对赢不了游戏，就像几年前，在伦敦举办缩减军备会议时的日本一样。当时谈判桌上的其他各国玩家，早已事先掌握所有情报，明白日本让步的最大限度。像这种游戏怎么可能赢得了？没错，真要比喻的话，当时日本的外交团，就像你一样，明明不知道游戏规则，却跑来参加。"

语毕，学生彼此看了一眼，放声大笑。

日后佐久间就算看到学生在玩牌，也不再靠近。

他们这次又是在什么规则下，玩着什么游戏？

光在一旁观看，根本瞧不出任何端倪。

但至少佐久间非常清楚一件事。

——对这群人来说，一切只不过是游戏。

也许就算是冒着生命危险执行的间谍任务，对他们来说，也不过是好不容易才发现的"有趣游戏"罢了。

除了自己，这里都是不相信任何人的虚无主义者。

无情无义。

个个都是怪物。

国家的未来绝对不能交到这些来路不明、阴森可怕的家伙手上。

这次参谋总部下令执行的任务，应该是用来打垮这些家伙的借口。

要是能找出确凿的证据，证明约翰·高登是美国派来的间谍，那就好了。这么一来，D机关的学生才会真切感受到"我们日后也会像这样遭人逮捕"的恐惧与不安，明白这是现实，而不是游戏。

而另一方面，如果他们未能发现证据，参谋总部应该会大肆抨击D机关，进而出手毁了这个机关。可是……

身上穿着假宪兵服的学生，结束屋内的调查，陆续来到佐久间跟前报告结果。

"厨房查无所获！"

"庭院查无所获！"

"壁橱查无所获！"

"阁楼查无所获！"

听完报告后，佐久间不发一语地迈步前行，环视已整理干净的屋内。他不得不承认，学生的调查确实既利落又彻底。

——这里原本就没有想要的证据。

跟着佐久间到处走的高登，满怀期待地开口道：

"队长先生，怎么啦？表演时间也该到了吧？"

佐久间停步。

难道最后又是我抽到鬼牌？

佐久间闭上眼，已做好心理准备。

——既然这样，那就没办法了。我就好好做给你们看吧。

他睁开眼，再次转头望向身后。

三好在压低帽檐的宪兵帽下，微微一笑。

5

"你说找到证据了？"

听完佐久间的报告后，坐在办公桌后方椅子上的武藤上校，浮肿的脸顿时浮现惊愕之色。

"怎么会，不可能啊……"

"您没告诉我，这是第二次调查。"佐久间以立正姿势说道。在报告时，他的视线始终定在武藤上校头顶墙壁上的一点。

"什么？"

武藤似乎对佐久间主动开口一事感到惊讶，目不转睛地瞪着他。

"你刚才说什么？"

"您前几天亲自下令'派D机关调查约翰·高登这名美国间谍'，但当时我完全没听您提起宪兵队已经到高登家调查过。"

"那还用说！"武藤的模样让人联想到斗牛犬，他下垂的双颊颤动着，放声咆哮，"你听好了，你不过是我们和那班人之间的联络人罢了。难道我什么都得跟你说清楚才行吗！少往自己脸上贴金！"

佐久间默默听着对方的劈头痛骂，职业军人原本就不许对长官回嘴。

"这种事一点都不重要。证据到底藏在哪里，快说！"

武藤上校不悦地问。

佐久间简短有力地应了声"是"，接着说出了答案。武藤上校听后，血色立即从脸上退去。

"竟然有这种事……难道连你也一起……"

"不，我完全没碰。"

武藤这才放心地吐了口气。

"那么，扣押起来的微缩胶卷在哪里？"

"我并未扣押证据。"

"什么？"

"我只是确认了证据，并未扣押。"

"什么意思？"

"我故意让微缩胶卷流传出去。"

"你竟然做这种蠢事……"

武藤上校浓眉下的一双大眼圆睁，露出充血的眼白。

"这么说来……原来如此。你们找到的微缩胶卷，里头拍摄的内容不是陆军的暗号表吧？"

"不，就像您之前说的一样。"

"既然这样，哪有你这种故意将数据交给敌方间谍的蠢才！"

武藤上校一拳打向桌面。他的怒吼声肯定已经响彻整个参谋总部。其他人纷纷露出畏怯的神色望向他们，但佐久间仍旧不动如山地说道：

"既然已经知道是哪一本密码表被偷拍，只要更改密码就不会带来危害。而且，让敌人使用已失去意义的密码，对我方的暗号通讯反而有利。"

"什么？这样说是没错，可是……"

武藤上校面相那群转头看向他们的人，像驱赶苍蝇似的对众人挥了挥手。

"那个间谍呢？"他压低声音问，"你们该不会也放他走了吧？"

"高登目前被结城中校扣押，当做教材。"

"教材？"

武藤上校发出怪叫，频频眨眼。

"是，结城中校说要将他'调教成双面间谍'。"

停顿了片刻，武藤上校才涨红着脸大吼：

"可恶！结城那家伙！这么一来，他不就把人证、物证和功劳全都拿去了吗？还说什么教材？妈的，他把别人当什么啊！我可不是他的玩具！"

佐久间仍旧立正站好，待他骂完后，才接着说道："这里有个您忘记的东西。"

"我忘记的东西？"

武藤上校惊讶地接过佐久间递出的烟盒。

"这确实是我的……你在哪里拿到的？"

"听说这东西掉在'花菱'的走廊上。"

"花菱？"

武藤上校诧异地眯起双眼。

"你去花菱干什么？"

佐久间先说了一句"请容我私下报告"，接着绕过办公桌走向武藤上校，凑近后者耳边低语。

"就算对方是您熟识的艺伎，但您说出派宪兵队到间谍嫌疑犯家中调查的事，也算是泄露军机。"

接着佐久间回到原位，重新立正站好。

"另外，结城中校表示'他不会对外公开这次的事情'。报告完毕！"

武藤上校脸上血色尽失，沉默了半晌。他似乎一直凶狠地瞪着佐久间，但后者始终注视着墙上的一点，不与他的目光交会。

不久，武藤上校才咬牙切齿地从齿缝间硬挤出低沉的声音：

"……你从什么时候投靠他们的？"

佐久间不觉莞尔。

——背叛的人是你吧？

这句话浮现在他脑中。

一发现对方有间谍嫌疑，武藤上校便亲自率领宪兵队前往约翰·高登家调查。武藤上校很少离开办公桌，这次居然亲临现场，足见情报非常准确。

在武藤上校的指挥下，宪兵队强行闯入高登家中，展开彻底调查。

结果一无所获。

当时高登对一脸愕然的武藤上校说："你这是非法搜索民宅，我要通过大使馆正式提出抗议。"

他不清楚高登此话是否当真。

不，既然已知道自己被怀疑是间谍，他应该不想真的将事情闹大，但武藤上校却因为高登这番话陷入不安。若是高登真那么做，自己过去辛苦累积的资历，将就此留下污点，今后恐怕高升无望……

百般焦急下，武藤上校心生一计。

为了掩饰自己的失败，只要让人重蹈覆辙就行了。只要让某个人犯同样的过失，就可以解决此事。

就算高登向大使馆提出抗议，比起第一次，他应该会将第二次的非法搜索说得更为夸张。

——就让D机关去做吧。

武藤上校会想到这个点子，也是理所当然。

如果是向来便在陆军内被疏远的间谍培训学校，即D机关，犯下第二次调查疏失，那么自己先前所犯的过错，在陆军内就不会过于突出。不仅如此，只要能借这次机会，指出D机关的处理失当，进而斗垮他们，那么自己所犯的疏漏，也就算不上是什么过错了。

真是一箭双雕。

武藤上校对自己想出的妙计窃笑不已。

但这计划需要有人当牺牲品——在不让对方知道我方意图的情况下，能够准确传达命令的善意第三者，一个随时可以牺牲的棋子。

——那就是我。

这是口头命令，没有证据。就算日后出了问题，武藤上校肯定打算以一句"我没下过这样的命令"装蒜，来个死无对证。

佐久间紧紧咬牙，这才勉强忍住差点表现出来的嘲讽表情。

"我只是遵照您的命令，担任一名联络的角色罢了。"

佐久间极力保持面无表情的状态。

武藤上校就像看着自己的杀父仇人一般，狠狠瞪着佐久间。

"……你退下。"

"咦？"

"我叫你退下！"

"我明白了。佐久间中尉，就此告退。"

佐久间双脚并拢，举手敬礼。

他向后转身，背后传来有人狠狠踹了桌子一脚的声响。

6

佐久间穿过参谋总部昏暗的走廊，来到建筑外，眼前满是盛开的樱花。

参谋总部四周筑起高墙，阻挡了平民百姓的视线；但盛开的樱树，仍旧越过围墙往外延伸枝桠。

佐久间眯起眼睛，深深叹了口气。

——季节与人的一切行为无关，始终轮替不休。

他深深体会到这理所当然的事实。

猛一回神，他发现影子竟然自己动了起来。

他大吃一惊，原本正要深深呼出的一口气，被硬生生吞入了腹中。

那不是影子。

白色的皮手套，拄着拐杖，拖着左脚，踩着生硬的步伐。

结城中校从他背后无声地走近，然后越过了他。

佐久间微微摇了摇头，不发一语，与走在前头的黑影并肩而行。

结城中校对走在身旁的佐久间视若无睹，一直望着前方。

佐久间朝他那黑影般的身形瞄了一眼。

——仔细一想，那件事打从一开始就很奇怪。

结城中校常说"间谍是隐形人"，而他却刻意让理应是"隐形人"的D机关学生组成醒目的宪兵队，在白天登堂入室。

为什么？

因为要执行这次的计划，非得假冒宪兵队才行。

以前宪兵队曾经调查过目标约翰·高登的家。"高登是间谍"是准确度很高的情报，连武藤上校都亲自出马，但宪兵队还是没能找出任何证据。

这次宪兵队再次前来请求要进屋搜索时，高登完全没把他们放在眼里。

——同样是宪兵队前来调查，这次一定也搜不出结果。

所以便松懈大意了。

尽管是第二次非法调查民宅，但高登一开始就只是敷衍地抵抗了一下，甚至是自己请宪兵队进入屋内。开始调查后，他也只是嘴巴上发发牢骚，既没妨碍调查，也没偷偷将证据移往他处，最后被D机关当着他的面搜出证据，陷入百口莫辩的窘境中。

不过……

宪兵队确实曾经彻底地调查过。

"恶名昭彰"的宪兵队所做的调查绝对是地毯式的，巨细靡遗的。

因此，佯装成宪兵的D机关学生这次展开的调查，只是表面上做做样子。他们一开始就不打算搜索民宅，只打算查看"真正的宪兵队绝对不会调查的地方"。

真正的宪兵队绝对不会调查的地方。

在高登家只有一处真正的宪兵队绝对不会调查的地方。

报告书上记载：

——确认他早晚都会向天皇夫妇的玉照合掌膜拜。

高登将微缩胶卷贴在崇高的天皇陛下的玉照后面。

在此时的日本，直接碰触天皇的照片是绝对的禁忌。前些日子报纸上还有一篇报道，提到一名小学校长不小心伸手碰触天皇玉照，受尽周遭指责，最后自杀。报上的评论也认为此事理所当然。

此种心理制约着搜索民宅的宪兵，形成了一处"看不见的地方"。

而另一方面，若无其事地让学生讨论天皇正统性的结城中校，尽管没亲眼看过现场，却早已明白当中的玄机。

——到这里为止，佐久间都还能理解。

但是要做到这点，至少结城中校得事先知道宪兵队已到过高登家调查。

佐久间面向前方，朝那名像黑影般悄悄走在一旁的男人问道：

"你那根拐杖也是伪装的吧？"

"你调查过了吗？"

黑影似乎在喉部深处微微发笑。

佐久间轻轻将下巴往里收，几乎看不出他的动作。

佐久间被参谋总部叫去，奉命对高登展开调查的当天，他一看就知道武藤上校又宿醉了。他头天晚上肯定在某处喝酒。一想到这点，佐久间马上想到某个可能性，于是他四处造访以前武藤上校带他去过的酒屋。

"花菱"的老板娘看见佐久间留了一头长发，大为吃惊。不过，当佐久间告诉老板娘，他正在进行军方的秘密调查后，不愧是专做陆军将官生意的店家，马上不再多问，而且有问必答。

武藤上校前一天晚上果然在花菱和艺伎喝到三更半夜。

而且，据说武藤上校喝酒的隔壁包厢，有个酒醉睡着的客人。

"那名客人是什么样的人？"

佐久间急切地问道，但老板娘却很肯定地向他保证，说对方绝不是什么可疑人物。

"是家小贸易公司的社长，从以前就常到店里光顾，为人亲切又风趣，还常逗年轻的艺伎笑呢……"

她说到一半，佐久间打断她的话，进一步问道：

"那名客人有什么明显的特征吗？"

"特征？这个嘛……他年约五十，肤色略黑，身材清瘦，不过说到有什么特征的话……"

"我举个例子，他是不是左脚不太方便，拄着拐杖？或是右手总戴着白色皮手套？"

老板娘摇头。

——难道是我猜错了？

他正准备道谢离去时，老板娘像是突然想到什么，叫住佐久间。

"对了，经你这么一提我才想到，那天晚上，那位客人捡到了武藤上校忘记的东西。是个烟盒，但里头是空的，就寄放在我这儿。日后您如果要去参谋总部的话，可否帮我归还武藤上校？"

老板娘苦笑着将烟盒交给佐久间。

但在佐久间前往参谋总部的路上，他脑中突然浮现出一个非比寻常的念头。

"你的左手是假手吧？"

面对佐久间的询问，结城中校只是微哼一声，没有答话。

佐久间拿着烟盒到参谋总部内的调查室委托他们调查，结果从烟盒表面验不出指纹。

准确来说，上头除了武藤上校、花菱的老板娘以及佐久间的指纹外，再也验不出其他指纹。

——上面没有捡到烟盒的那名客人留下的指纹。

在得知这点时，佐久间脑中的线索全部串在一起。

结城中校过去在外国被当做间谍逮捕时，因严刑拷打而失去左手——据说欧洲制造的假手的手指甚至还能活动。如果是握拐杖，或是拿碗端杯子，只要经过训练，动作可以流畅到不被人发现。在酒店的昏暗光线下能蒙混过去，但目前还找不到暴露于众目睽睽之下还不会穿帮的假手。

——被人怀疑的间谍还有什么意义？

结城中校曾经这样说过，指的是他自己。

失去左手留下明显特征的结城中校，已不可能在国外进行真正的谍报活动，于是他设立 D 机关，投入可以取代自己的"隐形人"的培养工作中。另一方面，他则是右手戴着白色皮手套，拄着拐杖，拖着左脚走路，赋予了自己特征极为明显的外表。

——就像变魔术。

佐久间相当肯定自己的想法。

人们的目光会被他夸张的动作所吸引。总是拄着拐杖，右手戴着白色皮手套的男人，一旦少了这些东西，便很容易被当做是另一个人。结城中校其实可以正常行走，不需要拐杖，而且他右手的白色皮手套下，应该是一只完好无缺的手。花菱的老板娘还替他作证，说他是个"亲切又风趣的人"。一旦卸下白手套、拐杖、拖着左脚走路的夸张伪装，再改变他平时刻意装出的冷峻表情，任谁都不会想到这两个人是同一个人。

倘若对手是外国的情报机关，倒还另当别论；若是对付门外汉，这样已绰绰有余，例如武藤上校。

"武藤那家伙喝得酩酊大醉，把机密都告诉了艺伎，最后还在走廊上掉下东西，我真没想到他是这种蠢蛋。武藤回去后，我到走廊一看，那家伙的烟盒就掉在我面前。当时跟在我身边的艺伎挽着我的右手。在那种情况下，我如果不用左手捡起，反而显得不自然。虽然我将烟盒交给老板娘后就离开了，但我万万没想到，你会去调查指纹……"

黑影发出轻笑。

D机关的创始人一直隐瞒身份，暗中观察着武藤上校。

武藤上校为了掩饰自己犯下的疏失，想利用D机关。

但事实上，结城中校一直在等待这个机会。

他的目的是……

我们是拿不到足够预算的穷单位。

结城中校以前这样说过。

不过，被抓住把柄的武藤上校，今后只能应他们的要求，从参谋总部握有的庞大机要费中划拨预算……

"三好很佩服你，你当时是真的打算当场切腹吧？"

结城中校说着，似乎觉得有趣，莞尔一笑。

——没错，现在我可明白了。

那是某个晚上，学生在讨论天皇制，佐久间加以训斥时，三好所开的玩笑。那也是三好针对微缩胶卷的藏匿处，给佐久间的提示。

"你想不想接受我们的间谍训练？"

面对结城中校的提议,佐久间不发一语地摇了摇头。

当时佐久间做好心理准备,回头一看,发现三好嘴边泛着浅笑,便马上明白他的意图。于是佐久间马上以英语下达指示,命人检查天皇玉照的背面。

三好应该是真心地佩服佐久间。

不过,他也只是佩服一半而已。

佐久间并未当场发现三好等人老早就察觉的后半部分——武藤上校为了掩饰自己的疏失,刻意安排了这件事。

像自己这种人,不可能在结城中校底下担任间谍……

"我始终都是军人。"佐久间就像要挥除心中浮现的奇妙妄想般,斩钉截铁地说道,"只要需要,我随时都有切腹的心理准备。只不过……"

接着,他差点说出连自己都意想不到的话。

——只不过,我不想当一颗被人用完就丢的棋子……

在复杂的思绪下,他将浮现脑中的这句话硬生生地吞回肚里。

这是身为军人不该有的观念。不过,一旦在心中萌发这样的想法,便不可能再消除。

佐久间就像被钉在原地般,就此停下脚步。拄着拐杖的结城中校留下他一人,以生硬的动作迈步离去。

佐久间目送结城中校清瘦的背影转过街角,消失在眼前。

他仰望蓝天,仿佛有人正在窃笑。

幽灵

1

在此时节，眼前开阔的大海蓝得炫目。

早从明治开港以来，可一眼望尽横滨港的山手一带便建造了许多漂亮的洋馆。其中有一座外观为白色、极为抢眼的建筑，是前年由英国技师建造的英国总领事官邸。

蒲生次郎前往英国总领事官邸，正好是一星期前的事。

他是横滨马车道的一家老店"寺岛西服"的店员。上个星期天送西装去官邸时，人在官邸的总领事欧内斯特·葛拉汉正好无事可做，就找他一起下西洋棋。今年六十五岁的葛拉汉认为，日本的年轻人光是会下西洋棋就已经是奇迹了，完全没想到对方竟能和以棋艺为傲的他下得棋鼓相当。

第一盘，蒲生轻松获胜。

葛拉汉大吃一惊，就此认真起来。

那天下到最后，三胜两败两和，葛拉汉勉强获胜。从那之后，葛拉汉只要在面对港口的领事馆里完成当天的工作，一回到位于山手的领事官邸，便一定会叫蒲生来和他下棋。

今天是星期天，蒲生一早就被叫去。

此刻，坐在官邸二楼窗边的两人中间摆着格子棋盘，上头摆好了棋子。

"将军。"

蒲生移动骑士，如此宣告。葛拉汉皱着眉头，一脸不甘。

"嗯，原来有这么一招……"

他移开叼在口中的雪茄，即使烟灰掉在地毯上也不在乎，朝棋盘凝视了半晌，最后还是只能将手中的棋子抛向棋盘。

"这么一来，我就十五胜十七败六和了。"

蒲生莞尔一笑。

"您应该有事要忙，今天就到此为止……"

"等一下。难得是星期天，就再下一盘吧。"

说着，葛拉汉已开始摆棋子。这时，总领事夫人珍·葛拉汉走了进来。

"亲爱的，可以和你谈谈吗？"夫人走向葛拉汉。

她今年四十五岁，与葛拉汉相差将近二十岁。与略显肥胖的领事相反，她身材苗条，有双琥珀色的眼睛，气质出众。不知为何，此时她淡褐色的眼瞳浮现出不安之色，柔美的柳眉紧蹙。

"你看了也知道，我现在抽不开身。有事待会儿再说吧……"葛拉汉话说到一半，似乎也发现夫人神色有异，便停下手中的棋子问道，"怎么了？发生什么事？"

夫人不发一语地指着窗外。

转头望去，一名身穿工人服的男人站在前庭的树后，像是故意藏身树后似的，打从刚才就一直往屋里窥探。

"那个人昨天也曾来到后院。"夫人悄声道,"女仆前去询问,对方说'我是横滨自来水局的人,来检查有没有漏水',但我听说他根本没有检查自来水,而是一直试着偷看屋里的样子。我觉得有点可怕……"

"我看看。"葛拉汉从椅子上站起,直接望向窗外。夫人从丈夫身后探头望了一眼,旋即缩着脖子低语道:

"啊,那种眼神真讨厌,就像间谍一样……"

葛拉汉转头望向蒲生。"你怎么看?"

"可能是日本宪兵吧。"

蒲生在棋盘上摆放棋子,同时应道。

"宪兵?你怎么知道?"

"这是很简单的推理。"蒲生抬起头,望着窗户说,"他的脸晒得很黑,但额头以上的部分却很白,还有,从我这里都看得出来他头顶毛发稀疏。从以上可推测出他因为工作的缘故,得常在外头行走,而且平时都戴着帽子。那么为什么他现在没戴帽子?一定是因为他只要戴上帽子,任谁一看都知道他的职业是什么。总是戴着特征如此明显的帽子,而又不想让人知道的职业,想来想去,就只有宪兵了。"

过了一会儿,葛拉汉晃动他那浑圆的肥肚,笑出声来。

"哈哈哈,我猜也是这样。"葛拉汉向夫人眨着眼说道,"很惊讶吧。这位青年这么年轻,而且还是日本人,但他不仅英语说得好,又很聪明。否则,我怎么可能会输给他呢。"

语毕,他轻拍了几下夫人的手臂,再次坐回椅子上,与蒲生迎面而对。

"既然明白了真相,那我们再下一盘吧。"葛拉汉一面摆着棋子,一面摇头低语,"真伤脑筋,这样也算是间谍啊。"

接着,他猛然抬起头,像突然想到什么似的。

"对了,我大英帝国有一句俗谚,说'间谍是件卑鄙的工作,只有绅士才能从事'。举例来说,那位贝登堡男爵,昔日在南非爆发战争时,曾经乔装成昆虫学家,只身潜入敌区,目的当然是当间谍。男爵为了顺利进行间谍工作,不仅事先学会如何使用捕虫网,还在事前备好画有蝴蝶的素描本。换句话说,只要将敌区的详细情形写在蝴蝶翅膀的图案中,万一接受调查,也不会让人起疑。贝登堡男爵为了防范被敌人逮捕,特地做了一项惊人的准备,他竟然事先将身上穿的衬衫浸泡在白兰地里。多亏这招,在他真的被敌人逮捕时,对方心想,像这种浑身酒臭的人应该不会是间谍,只是一般的醉鬼,当场就释放了他。还有,男爵他啊……"

葛拉汉说到一半,才猛然发现自己话多的老毛病又犯了。

"总而言之,"他耸了耸肩,"所谓的间谍,可是'绅士的工作'。那名现在站在前院、一脸蠢样的男人,根本没有当间谍的资格,没必要理他。"

"可是,亲爱的……"夫人直直地盯着葛拉汉,"话虽如此,之前大战时,那个有名的德军间谍玛塔·哈丽[①],她就不是绅士啊。"

"咦?玛塔·哈丽?经你这么一说也对……不过,因为她是女人嘛……"

葛拉汉结巴起来。

接着,夫人望向蒲生。

"蒲生先生,因为是您,我才敢直说。日本现在一路往不好的方

[①] 二十世纪初德国知名交际花,在第一次世界大战期间,与欧洲多国军政要人、社会名流都有联系,最终以间谍罪名被法军枪毙。

向走,特别是日军最近在中国大陆的行径,实在太嚣张了。再这样下去,日本将会被全世界孤立。还是说,日本真的打算与全世界为敌?现在甚至还派间谍来这里向我们示威,真是太不知廉耻了……"

"No!珍!No!别再说了。"葛拉汉罕见地厉声斥责夫人,"蒲生先生是寺岛西服的店员,与日本政府和军队无关。他只是来当我的下棋对手而已,你别拿他出气。"

"啊……说得也是。真对不起,蒲生先生,我真不知道自己是怎么了。"

"没关系的,您别放在心上。"

"一定是因为不习惯日本的气候,你才会有点神经紧张,去休息一会儿好了。"葛拉汉站起身,搂着夫人的肩膀说道,"至于站在庭院里的那家伙,吩咐下人赶走他就行了。要是他们再这么紧缠着不放,我就向日本政府提出严重抗议……"

葛拉汉送夫人走到门外,又坐回到椅子上,摇了摇头。

"唉,我太太也真教人头疼。不好意思啊……那我们继续下吧。这次换我先了吧?"

葛拉汉把手伸向棋盘,将步兵移至自己的王前方。蒲生则用正面的步兵加以抵挡。葛拉汉还是老样子,用双王前兵开局,是他最拿手的开局方式。接下来大概会展开苏格兰阵型。

"哼,间谍?傻瓜,间谍是绅士的工作。间谍的工作总是伴随着冒险与浪漫……像那种脏兮兮的家伙,怎么可能会是间谍。"

葛拉汉一面下棋,一面还意犹未尽地喃喃自语。

蒲生的目光落向棋盘,他假装思考着下一步棋,同时在不让对方发现的情况下窃笑。

——要是葛拉汉知道此刻他眼前的人才是真正的间谍,不知会作何表情？

蒲生压抑着想知道答案的冲动，以手中的城堡吃掉对手的主教。

2

两个小时后。

离开英国总领事官邸的蒲生，徒步走向港口附近的公园。

他在入口处停步，若无其事地左顾右盼。

公园中央有一座巨大的圆形喷水池。它理应定期喷水，但今天却没有。

强烈的阳光洒向公园，十几名手持木棒的小孩，高声喧哗，四处乱跑。每个人都顶着光头，皮肤黝黑，几乎快要分不出是正面还是背面，而且都穿着长长的运动衫和短裤。几名像是这群孩子母亲的妇女，正站在角落的树荫底下聊天。有一名像是散步路过的老人，将拐杖摆在喷水池边的长椅旁，正坐着休息。

蒲生慢步走向喷水池，在那张背对背摆放的长椅上坐下，正好坐在老人背后。

似乎是时间到了，喷水装置启动，池子开始喷水。到处乱跑的孩子叫得更大声了。

隔了一会儿，背后传来一个冰冷的声音。

——开始报告。

蒲生望向前方，脸上微微露出苦笑。

那是几乎没开口、只有对方才听得见的特殊发声法。背后这名老人发出的声音，完全控制住了其传播方向。就算周围跑来跑去的孩子碰巧在附近停步，应该也不会发现眼前这名老人正在说话。

不过,老人还是刻意等到喷水装置启动后才开口。

话说回来,坐在公园长椅上的这名老态龙钟的老人是结城中校乔装的一事,就连联络对象蒲生也没能一眼看穿。

小心翼翼。

行事谨慎。

这是结城中校在"D机关"里对蒲生的教导。

D机关——

是结城中校提议,在帝国陆军内设立的间谍培育学校。

结城中校无视陆军内部的强烈反对,独力创设了D机关。

蒲生是值得特别纪念的D机关第一期学生。

"就我个人看来,他是无辜的。"

蒲生面向前方,和对方一样,用控制方向的低沉声音说道。

"蒲生次郎"是这次执行任务时所用的假名。

D机关的学生通常以假名和伪造的经历掌握彼此的状况,随着任务的不同,会再换上更适合的面具。

"我不认为那位老先生和事件有关。"

"……理由是什么?"

"您也知道,西洋棋是很单纯的游戏,玩家的个性会反映在游戏中。"

蒲生迅速地逐一列举自己通过和葛拉汉下棋,了解到的对方个性。

单纯,但又喜爱玩弄策略。

迷信。

不敢违抗传统和权威。

保守。

重脸面。

喜欢各种杂学知识。

"从这些特征来推测，关于他的嫌疑，以及向周围众人隐瞒此事的可能性……"

"……不到百分之五，是吧？"

结城中校自己讲出可能性，然后沉默了半晌。

蒲生当然也理解他沉默的含意。

百分之五。

这样就不行了。

——只要可能性不是零，就不要认为对方是无辜的。

这也是蒲生在 D 机关里学到的间谍原则。

对隐瞒身份、只身潜入敌国的间谍来说，只要让周围产生百分之一的怀疑，就会丢了性命。

反过来说，此次蒲生的任务也一样，只要还留有百分之五的可能性，就不是事后说一句"弄错了"可以了事的。

事件的开端要回溯到一个月前。

横滨的宪兵队在深夜巡逻时，扣押了一名一看到他们便急忙逃跑的中国人。

既然对方看到他们就逃跑，那么背后一定有什么隐情。

宪兵对他展开严厉的审问，发现了一项惊人的阴谋。

这个男人是进行抗日活动的秘密组织成员，坦承他们将会在即将到来的皇纪[①]两千六百年的纪念典礼上，用炸弹暗杀重要人物。

[①]以神武天皇即位（相当于公元前六六〇年）作为起始的纪元方式。

宪兵队高层接获报告后，吓得面如死灰。

皇族也要出席这场祭典，倘若真有什么炸弹，负责警备工作的人可不是"引咎辞职"就能了事的。

——无论如何，都要查明计划的全貌。

在上级近乎歇斯底里的压力下，调查现场弥漫着一股杀气。

结果反而造成反效果。

为了让嫌犯招供，拷问的手段比平时更加残酷，嫌犯被刑讯致死。

负责调查的人没问出任何关于计划的具体内容，只知道秘密组织联络用的几处通讯地点。

外国公司的大楼、海关、通讯社、银行、餐厅、咖啡厅……

设置在这些地点的组织会发出"指示书"，男人就是根据它行动的。

宪兵队马上在各个通讯处派人监视，同时封闭建筑的所有出入口，连日展开彻底的内部调查，结果发现两份像是指示书的暗号便条。

——指示书到底是谁放的？

他们逐一讯问可疑人物，但始终一无所获。

宪兵队越来越焦急，就在这时，一名年轻宪兵在清查出入各监视地点的人员名单时，意外发现一件事。

开始监视的十天内，有人出现在每一处场所。

那就是派驻横滨的英国总领事欧内斯特·葛拉汉。

只有他的名字出现在每一份名单上。

查出嫌疑犯令宪兵队雀跃不已，他们马上征求外务省的同意，要侦讯葛拉汉。然而——

得知这个情报的陆军参谋总部，却临时喊停。

倘若日本宪兵没有掌握确切证据，便侦讯英国总领事……如果这只是一场误会，对原本就已略显紧张的英日关系不知会造成何种影响。这和今后军方的作战方针也息息相关。

陆军参谋总部一方面压制宪兵队的行动，一方面暗中请D机关展开调查……

"'确认英国总领事欧内斯特·葛拉汉是否与此次计划有关'，这是委托内容。"结城中校递出一份写有宪兵队调查内容的文件，冷冷地说道，"不过，要在两周内查清楚。参谋总部的人说'由于情况特殊，我们无法再继续压制宪兵队'……办得到吗？"

"不是已经决定要执行了吗？"

他接过文件，迅速看过一遍后耸了耸肩。

在他被找来时，结城中校就已判断出有可能完成这项任务。

——办得到吗？

这个问题不过是早已明白答案是什么的修辞罢了。

他看完文件后，结城中校暗淡无光的双眼动也不动，接着问了一句：

"你打算怎么做？"

"既然时间有限，就不能像一般的卧底任务，小心翼翼地展开攻势，得直接大胆地深入虎穴。"

结城中校似乎早已料到他会这样回答，一语不发地从抽屉里取出厚厚一沓文件，从桌上滑向他。

"蒲生次郎"。

文件封面写着这个名字。

"他是常在英国总领事官邸出入的一家西装店店员。这次没多少时间,你要在三天之内完全复制他。"

"两天就够了。"

他抬起头,微微一笑。

所谓复制,意指间谍完美地模仿某人的外貌,乃至于其经历、人际关系、动作、口头禅、嗜好、对食物的好恶等所有信息。

根据结城中校交付的文件所述,真正的蒲生次郎似乎早在数年前便已是寺岛西服的店员,而且就住在店内。

他花了两天复制蒲生,和后者调换身份。

真正的蒲生在他行动期间,受到陆军的严密保护,待在一处不会被人发现的场所。

知道内情的人就只有雇用蒲生的寺岛西服的老板。由于此事涉及军方的机密计划,老板被下了封口令。但就连知道内情的老板,也常分不清眼前的人是否为正牌的蒲生次郎,足见他模仿得有多彻底。

蒲生以寺岛西服的店员身份送西装到横滨英国总领事官邸时,正好遇上总领事欧内斯特·葛拉汉邀他一起下西洋棋。

这一切看似机缘巧合,但事实上,葛拉汉是个棋迷,而且他的棋友最近刚返回英国,所以这段时间领事在官邸里闲得发慌——这些事前都已调查得一清二楚。在这种情况下,送西装来的蒲生,便若无其事地透露自己也很爱下西洋棋。

葛拉汉邀蒲生下棋,并非偶然,这是蒲生刻意安排的结果。

蒲生赢了第一局后,便故意放水输棋。

结果一如预期,葛拉汉连日邀蒲生到官邸陪他下棋。

葛拉汉可能认为"是我主动邀蒲生下棋",之后更认为"是我硬要他陪我"。

　　控制对手的想法，让对手以为是自己采取的行动，这是相当常见的手法。对掌握众多信息的人（例如优秀的间谍）来说，并非难事。

　　这一个星期以来，蒲生连日充当葛拉汉下棋的对手，同时冷静地分析他的个性。

　　"他应该是无辜的。"

　　这是蒲生最后的心得。

　　但根据之后宪兵队的调查，他们在监视地点发现的书信，用的是英国总领事馆专有的特殊信纸。

　　以目前的证据来看，葛拉汉涉嫌重大。

　　"无辜"与"涉嫌"。

　　无辜的白与涉嫌的黑，这正反两种可能性不管怎么相加，结果都是灰色。军方该如何处置英国总领事葛拉汉，此事一直争论不出个结果。

　　既然蒲生被赋予的任务就是确认葛拉汉有无嫌疑，那么，再这样耗下去，只能视为任务失败了。

　　离最后期限还有五天。

　　不，考虑到宪兵已开始出现在目标身边，那更意味着时间所剩不多了。陆军参谋总部还能压制横滨宪兵队的时间，顶多只剩三天。结城中校应该也已察觉到这件事了。

　　——怎么办？

　　蒲生自问。

　　眼下只有一个办法。

　　——只好碰碰运气了……

这时，他突然感觉结城中校从他背后起身。

他转头望了一眼，发现喷水已经结束，而原本在周围来回奔跑的孩子正逐渐往结城中校坐的长椅聚集。

结城中校认为不该再继续冒险谈下去了。

拄着拐杖的老人以蹒跚的步伐绕过树木，从蒲生坐的长椅前走过，朝公园出口走去。从蒲生面前通过时，老人停顿了片刻。他换了只手拿拐杖，接着传来他的低语声。

——不管怎样的调查，都不可能面面俱到。别忘了这点。

结城中校留下这句话后，慢步走出公园。

3

间谍的日常生活中，既没冒险，更没浪漫。

蒲生进入D机关后，便马上被灌输这个观念，听的他都快不耐烦了。

例如，在葛拉汉夫妇对话中提到的那名女间谍"玛塔·哈丽"。

在第一次世界大战中，她以天生的美貌和近乎全裸的艳舞为武器，迷惑法国外交部、军方、各国大使馆的要员，从他们那里取得机密情报，再偷偷传给德军。

玛塔·哈丽这名美艳女间谍名声大噪，甚至传到了日本。

事实上，她传给德军的只是些二流情报，与新闻报道相差无几。

早在开战前，玛塔·哈丽就已艳名远播。就算在床上，那些政府和军方的高官也不可能向她泄露机密情报。从事相关工作的人，在接掌职务时便已受过警告，要提防"性间谍"。话说回来，被这种程度诱惑制服的人，根本没资格被托付重大责任。

不同于一般人以为的帅气和华丽，间谍的本质是"看不见的低调"。

隐瞒身份，只身潜入敌国的间谍，绝对不会让周围的人知道自己的身份。

间谍行为的本质是在敌方中找出可以利用的人，暗中接近那个人，通过收买或胁迫等手段，让对方成为"内应"。之后，间谍要归纳从内应处取得的情报，判断其具有何种含意，有多大价值。而且，还要使用不会被敌人发现的方法，偷偷将情报送回国内，不能让人知道自己的间谍身份。

谍报活动的成果会成为外交角力的王牌，或是体现在军事作战中，这时敌人才知道自己的机密情报早已在不知不觉中泄露了。

——有人在黑暗中行动，但无人知晓他的身份。

就这层意涵来说，真正的间谍近乎幽灵，或者是灰色的小人物。

总之，"不显眼"是间谍的必备条件。

蒲生回到"寺岛西服"，走进自己的房间后，回想起白天的事，皱起了眉头。

白天那名令总领事夫人畏怯的男人，身穿工人服，在进行监视。前天他还伴装成横滨自来水局的人，刻意到后院拜访。

——门外汉就是这样，只会给人添麻烦。

蒲生不禁暗骂了几句。

那种不入流的装扮，连夫人也能一眼看穿，这样只会让目标起疑，使得情况更加混乱。只学会一招半式就想闯江湖，会害自己送命。如果真要监视，与其用这种三流的乔装，不如光明正大地亮出宪兵队的身份，还比较有效果。

最近有部分宪兵队队员对间谍活动很感兴趣，看来这项传闻不假。不过，他们或许是以"玛塔·哈丽式间谍"为楷模，与真正的谍报活动完全扯不上关系。

蒲生再次暗骂一声，决定回到原本的工作上。

原本的间谍工作上。

蒲生在这次的任务中，直接出现在目标眼前展开调查。不过这是因为时间有限，才不得已采用的特殊手段。大部分情况下，间谍都不会直接在目标或内应面前露脸。

这次也是，陪对方下棋，观察对方形成心证，只是任务的一小部分。他花了更多的时间在看不见的地方。

其中一项就是调查目标的经历。

每个人的行为都不是突如其来的，过去累积的经验造就了个性，进而驱使人们展开行动。因此，间谍在执行任务时，得先彻底查明目标的过去。

此次也一样，倘若葛拉汉和这起阴谋有关，他的以往经历中很可能会出现某些征兆。

蒲生使用各种手段，彻底调查葛拉汉的经历。

欧内斯特·葛拉汉。

出生于英格兰中部一户贫苦人家，年轻时远赴印度，就此致富。他现在英国总领事的地位，以及出身名门的夫人，都是运用他在印度赚取的庞大资产取得的，也就是所谓的"买官"。

如今他一派绅士模样，但在印度时，却是什么黑心生意都敢做。

——看起来豪爽磊落，其实是个狡猾的老狐狸。

有几名认识葛拉汉的英国人，语带轻蔑地提供了这样的信息。而自从蒲生开始陪他下棋后，也马上理解了他们话中的含意。

在下棋时，葛拉汉经常会被夫人叫开，或是离席如厕。这时，葛拉汉绝对不会让蒲生独自留在房内。他离席时，一定会若无其事地叫用人来，在他回来前监视蒲生的一举一动。

葛拉汉虽然找蒲生来下棋，但还是暗中调查过他的身份。蒲生在英国总领事官邸下棋时，有人曾去打听他的底细。这是蒲生事后从监视"寺岛西服"的Ｄ机关同伴那里听说的，不过这早在他的预料之中。葛拉汉在得知蒲生早已在店内工作多年，应该会安心许多。

葛拉汉乍看像是位慈祥的老爷爷，也像是个大好人，但他其实拥有令人意外的双面性格。

英国的等级制度远比表面看来要严苛，如果葛拉汉没有这么狡猾，不可能爬到今天的位置。

——若真要说他有什么弱点……应该是夫人吧？

整理脑中情报的蒲生，暂时中断原先的思绪，眯起眼睛，回想夫人的模样。

葛拉汉夫人有着琥珀色的眼瞳，一头金色秀发总是梳理得整整齐齐，也许是未曾生育的缘故，看起来远比实际年龄还要年轻。葛拉汉相当疼惜这位出身名门、气质出众的美丽妻子，此事毋庸置疑。

而夫人显然对日军在中国大陆的行径深恶痛绝。

归纳以上几点，要在短短两周里，完全否定葛拉汉有任何嫌疑，绝非易事。反之，要从葛拉汉的经历中，找出和这项阴谋有关的关键证据，同样也很困难。

他的嫌疑依旧处于灰色地带……

老实说，蒲生并不讨厌葛拉汉。

由于贫穷，葛拉汉未能接受良好教育，但后来他白手起家，并凭借财富娶得名门出身的夫人，最后甚至坐上英国总领事的位子。他那慈祥老爷爷的外表背后，有一张狡猾的脸。蒲生对葛拉汉这种生存方式感到既有趣又兴奋。不过……

对间谍来说，个人好恶与任务是两回事。

伪装身份潜入国外的间谍必须花上数年或更长的时间，独自留在陌生的土地上执行任务，有时还得和当地的女人结婚生子。为了瞒过周围的人，这么做是很自然的。

一旦完成任务，间谍会不告而别。

如果家人发现了自己的秘密，就算是妻子和孩子，也非杀掉不可（当然，必须佯装成事故或自杀）。

这次蒲生的任务是确认葛拉汉有无嫌疑。

为此，他不惜动用任何手段。

打从任务一开始，蒲生便一直跟踪葛拉汉。

从一早葛拉汉离开官邸，搭车前往领事馆开始，接下来整天造访各地洽公，一直到傍晚返回官邸，几乎没有一刻离开过蒲生的视线。

间谍以外的人要察觉 D 机关成员尾随在自己身后，其可能性微乎其微，但蒲生为了谨慎起见，跟踪时会采用几种不同的乔装。

连日来，葛拉汉一回到官邸，便打电话到"寺岛西服"邀蒲生陪他下棋。

蒲生确认过此事后，便若无其事地接受他的邀约，前往官邸。

在先前的跟踪调查过程中，蒲生查明了他很感兴趣的几件事情。

暴发户共通的特征就是隐瞒自己的过去，彻底伪装成保守主义者，葛拉汉也不例外。他绝不会忘记英国绅士该有的装扮，帽子、上过浆的白衬衫、人字斜纹花样或是藏青色的三件式西装、在口袋里放条手帕……外出时，手臂上一定会挂着一把用来代替拐杖的雨伞。

远离英国，来到习俗和气候都大不相同的日本，穿上这一身服装的葛拉汉，就像一幅英国绅士的讽刺画，甚至略显滑稽。葛拉汉常是这身打扮外出，而他的去处……

　　英国公司的办公室、银行、海关、通讯社、咖啡厅……

　　与那名男人死前供出的组织的通讯处，有多处重叠。

　　而他外出的频率，以一般总领事的工作来看，确实也太多了点。

　　此外，葛拉汉在日本仍坚持给小费的习惯，也是件麻烦事。

　　开门、拿行李、服侍……

　　每次只要一接受服务，葛拉汉就会给对方小费。

　　这时候他只是给对方小费，还是连带给了其他东西（例如书信）？在后头跟踪的蒲生无法马上确认。他甚至怀疑这种给小费的习惯，该不会是英国间谍为了可以很自然地交换情报而想出的吧？

　　从葛拉汉的行动状况可以判断，他在日本有某项秘密任务。

　　这样就能对他可疑的行动给出合理解释。

　　然而，派驻外国的领事或大使其实就是两国间彼此认可的"公开间谍"，这并不是什么让人大惊小怪的事。

　　问题在于他们所处理的情报内容。

　　只要是不会给日本带来严重伤害的情报，就不该严格限制他们的活动，因为从某个角度来看，大家彼此彼此。

　　但倘若他与那起打算利用炸弹暗杀政府要员的恐怖事件有所牵连，就另当别论了。在现阶段，英国以政府立场发动针对日本政要的恐怖袭击的可能性很低。另一方面，万一真的发生恐怖事件，并确认与英国总领事有关，日英两国便会就此断交，甚至发生战争。

　　无论如何都得避免因为一些无谓的组织活动，导致两国发生战争的状况。

——既然有嫌疑，就该抓起来加以调查。

蒲生倒也不是不能理解宪兵队那帮人的主张。

但如果葛拉汉确实是被冤枉的，以涉嫌恐怖事件的罪名审问他，恐怕会对已经略显紧张的日英关系造成致命的伤害。

展开为期一周的调查后，葛拉汉的嫌疑依旧模糊不明。

——要继续用这种方式调查，还是要想别的办法？

蒲生躺在榻榻米上，双手盘在脑后，望着天花板。

他也曾想过设下陷阱，等葛拉汉自投罗网；但如果他真是无辜的，只会让那看不见的敌人看出我方行动。

——而且已经没时间了。

蒲生眉头紧蹙。

看目前的情况，陆军参谋总部已无法再压制宪兵队。后者已经开始蠢蠢欲动，在事情演变到无法处理前，一定得想办法解决才行。

——果然我还是得亲自确认才行……

这是他所能想到的最佳办法。

4

书房的门锁无声地开启。

蒲生从微开的门缝钻进书房，悄声敛息，观察周遭的动静。

眼下为深夜两点。

英国总领事官邸内，只微微传来葛拉汉的鼾声。

所有人都在睡梦中。

不，这时候可能只有管家张大明仍睁大眼睛躺在床上，竖耳细听官邸内的声音。

不过就算是他，能否发现蒲生已悄然潜入，也很难说；就算他发现，也没必要刻意起身，妨碍蒲生。

张大明是蒲生针对此次任务吸收的"内应"。

在对方组织内找出"内应"，对间谍来说是不可或缺的工作。

而那些间谍的目标组织，当然也会采取各种防范措施。

像是英国总领事官邸，便一概不雇用日本人，官邸内的用人全都是中国人。官邸还绝对不会雇用有日本朋友，或是对日本抱有认同感的人。只要有日本人跟他们说话，他们马上就会露出厌恶的表情。

乍看之下，根本不可能找到内应。

但蒲生在开始执行任务后，才短短五天，就"吸收了"管家张大明。

既然是人，就会有弱点。

金钱、女人、对父母兄弟和亲人的爱恨、酒、奢侈品、特别的嗜好、癖好、过去所犯的过错、对肉体的自卑情结……

什么都好，只要是人就一定找得出一两件不想让人知道的事，或是不想让某个人知道的某件事——再微不足道的小事也好，重要的是当事人怎么看待这件事情。

以张大明的情况来说，他的弱点就是赌。

他没让雇主知道，其实以前他在香港时就沉迷赌博，欠下为数不少的债务。

查出此事的蒲生，佯装成刚来日本不久的中国人，接近张大明，邀他到一家极隐密的地下赌场。来到日本后，张大明以为自己已完全戒赌，但现在又开始手痒了。这个赌场的赌资很小，他当时肯定是认为，如果只是小赌，应该没关系。

一开始赌小钱时,他总是赢,因此解除了戒心。

张大明已被自己无法控制的欲望吞噬,会准时到赌场报到。

第一天赢钱,第二天也是。

但到了第三天,在一场提高赌资的赌局中,他输得一败涂地。下一场也是,再下一场仍是同样的结果。之前连赢的好运就像根本不存在似的,他输个不停。

待他回过神来,已欠了一屁股债,无论怎样也还不起了。

张大明呆立原地,这时,有人在他耳边低语。

——如果还不出来的话,你想死吗?

他脸色发白,猛摇头。

——你帮我想想办法。

张大明向蒲生哭求。蒲生假装沉思片刻,无可奈何地叹了口气,从口袋里取出一个装有液体的小瓶子。

"听说你工作的英国总领事官邸,每天都有人轮流站岗守夜,对吧?只要我下了命令,你就让当天的守卫喝下这个药水,它无味无色,只要放入饮料中,绝对没人会发现。"

"可是……"

"不必担心,它只是一般的安眠药。我只是要钱罢了。如果没人声张,就不会有人受伤。"

蒲生见张大明仍犹豫不决,拍了拍他的肩膀,微微一笑。

"话说回来,那些还不都是英国人在中国卖鸦片赚来的钱。我们拿来花一花,又有什么不对?"

……他始终都让张大明以为自己只是进官邸偷钱的小偷。

倘若他知道这是在帮日本间谍的忙,向来痛恨日本人的他,一定抵死不从。当然了,他也从没发现,连日来一直都陪葛拉汉下棋的那名日本西装店的店员，与带他上赌场的那名中国人是同一个人。

"吸收"的基本原则，就是糖果和鞭子。

握有对方的弱点，接着以此作为交换条件，要求他做一件微不足道的小事。

要自己动手偷，那办不到，但如果是告诉对方什么时候可以进屋行窃，倒是无妨；要在食物里下毒，也办不到，但如果只是加入安眠药，倒是可以接受；自己没办法动手杀人，但如果只是在一旁见死不救，倒也无所谓……

重点就在于压力与报酬的平衡。

人可以怎样昧着良心，若无其事地做亏心事，其程度因人而异。

关键在于看穿对方的心思。

这没什么基本法则可以依循。间谍的任务中，最重要的就是随机应变。

这次也一样，蒲生为了让对方放心，一直纠缠不休地追问摆放现金的地点和数目。

另一方面，除了要求对方在守卫的饮料中下药外，没再提任何要求。

——现金放在书房的保险箱里，就算守卫睡着，要进入书房，还需要一把葛拉汉随身携带的钥匙。保险箱也打造得很坚固，应该偷不到钱。

张大明可以这样说服自己。

——我不算共犯。

蒲生很清楚，张大明一定会努力这样安慰自己。

只要给对方一个可以强迫自己接受的理由，就一定能指使对方办事。

蒲生刚才已确认过，守卫正睡得不省人事。

和原先说好的一样，张大明已在守卫的饮料中下药。

到了第二天早上，张大明得知没有现金失窃，也许会觉得奇怪。

蒲生带他去的那座地下赌场，是临时设立的假赌场，就连赌局也是安排好的。

这次由于时间紧迫，所以陷阱设得有点牵强。一旦张大明的赌瘾冷却，便会起疑。但既然他已亲手让守卫喝下安眠药，就算感到疑惑，应该也不敢主动说出此事。

隔了一会儿，蒲生才慢慢采取行动。

关上门，书房完全被黑暗吞没。就算没有光，他还是不担心会影响行动。

他早已将书房内的摆设完全记在脑中。

沙发、柜子、架子、摆在架子上的物品、书桌、相框、时钟、台灯……它们各自的位置与距离，甚至是地毯的厚度，蒲生都能在脑中清楚地描绘出来。

他小心翼翼移动脚步，避免踢倒门边的伞架。

蒲生微微伸长手指，摸到一个坚硬的金属物体。

是保险箱。

脑中立刻浮现已在白天确认过的保险箱形状。

长宽各一米，纵深八十厘米。

这是厚实又耐火的英国制保险箱，是知名的CHUBB牌。钢制的保险箱正面印有英国皇室的纹章，门的钢板厚达五厘米。若用钥匙以外的东西打开杠杆式栓锁，就会启动检测装置，使门闩卡住不动。一旦检测装置启动，就算用钥匙也无法马上打开，保险箱主人便能知道有人曾经尝试打开保险箱，这是很缜密的设计。杠杆栓共有八个，不是一般小偷所能够应付的。

蒲生听管家张大明说，一到晚上，官邸内的现金便会收在这个保险箱内。领事馆与英国联络用的暗号表，应该也在里头。

蒲生顿时有股挑战保险箱的冲动。

但这次任务的目的不是暗号表。

蒲生不舍地摸了保险箱一把，继续前进。他转向右边，以房间角落当起点，准确地走出三步，右手举至脸的高度。

为了不留下指纹，他戴上薄手套，此时他的手指碰触到画框。

那是一幅约十五号[①]大小的油画，上头画着数匹低头啃草的马。

蒲生小心谨慎地从墙上取下那幅画，摆在地上。

他在墙上摸索，指尖感觉到有一处微微隆起。

黑暗中，蒲生不禁嘴角轻扬。

——到目前为止，都和我想的一样。

5

以表象来说，他有嫌疑。

以心证来说，他很无辜。

既然无法凭这两点来判断，只好想办法拿到可以当做证据的物证了。

以炸弹暗杀政府要员的大规模阴谋，不太可能由葛拉汉单独策划和执行，理应与某个组织有关。倘若葛拉汉真与这项阴谋有关，一定可以找到足以证明他和组织有关的证据。

---

① 约六十五点二厘米乘以五十厘米。

例如，组织提供的指示书或是通讯记录。

以葛拉汉的立场，他不会希望被人发现这些证据。不过，偏偏这些东西又不是那么好处理的。这么一来，葛拉汉到底会将这些不想让人发现的东西藏在哪里？

他白天工作的领事馆，有太多不确定的人士出入，就算东西收在保险箱里，也不见得只有葛拉汉本人能打开保险箱。

不可能在领事馆。

那会在官邸吗？

官邸的书房里，摆着一个只有葛拉汉才打得开的厚重保险箱，好像在炫耀什么似的。但保险箱每天都有现金拿进拿出，难保不会被人看见。

很难想象"看起来豪爽磊落，但其实是个狡猾的老狐狸"的葛拉汉会冒这种险。

还有另一个可能性，就是有个隐藏起来的保险箱。

但总领事官邸的设计图在英国，可能没有复本，不然就是被当做高度机密数据慎重保管，不可能轻易到手。

于是，蒲生一面陪葛拉汉下棋，一面在对话中加入关键词，确认他的反应。

秘密。隐瞒。隐藏。不想让人发现。机密。穿帮。极机密。曝光。资料。不公开。泄露。保密……

尽管专注于棋盘中，但葛拉汉仍会流露出细微的眼神变化和无意识的反应，蒲生则在一旁冷静观察。从葛拉汉的反应中，他确定"秘密保险箱"的存在。蒲生慢慢缩小范围，最后确认是在书房的"骏马油画"的"后方"。

此刻他手指碰触到的转盘锁，告诉他秘密保险箱就在墙壁里。

——是一般的转盘锁，不像CHUBB保险箱那么难。

蒲生如此判断后，一时略感失望，但旋即着手开锁。

打从走进书房后，他一直没开灯。他凭着手指传来的细微震动，找出正确的数字组合，因此光线反而会成为阻碍。

——锁和女人一样，如果温柔对待，最后一定会被情人打开。

之前被请来当讲师的一名矮小男人，站在D机关的学生面前如此说到，脸上泛着猥亵的笑容。

这名个头矮小的老人姓岸谷，是从东京监狱带来的小偷，专长是开锁。

"我们从行窃到离开，平均时间是五分钟。潜入一分钟，找现金三分钟，逃走一分钟，大致就是这样。"

老人说完，拿出一根铁丝，只花三十秒的时间，就打开一把附在一般家庭玄关大门上的锁。

D机关的学生只看一次，便马上学会了这项技术。岸谷看得目瞪口呆，频频眨眼。接着，他认真起来，着手破解D机关准备的各种保险箱的锁。

英国制的CHUBB保险箱、美国MOSLFR公司的保险箱、法国费雪保险箱、德国贝兹保险箱……

岸谷老先生自夸是"日本第一开锁高手"，不用钥匙逐一打开了这些保险箱（不过花了不少时间）。

他拭去前额的汗珠，一脸自豪地说明开锁方法，但他随即惊讶地睁大双眼。因为他穷毕生之力才学会的开锁技术，D机关的学生竟然只花短短数天就学会了。

数天后，他已贡献出自己的毕生绝学，再也没什么可教，便被带回监狱。

岸谷老人再度被铐上手铐带走时，突然转头望着某个学生，将对方叫来面前悄声说道：

"小子，等我出狱后，要不要和我一起搭档？"

其实蒲生在第一天就已弄到了书房的钥匙。

先前蒲生送西装到官邸时，以想确认裤脚长度为借口，请葛拉汉试穿。当时他趁葛拉汉不注意，从葛拉汉的长裤口袋里取出钥匙，以蜂蜡取得铸型，再根据铸型做了备份钥匙。

当然了，蒲生拥有连岸谷老先生都赏识的高超技术，就算没有备份钥匙，也能靠一根铁丝，在短短二十秒内开锁。不过用铁丝开锁，不管再怎么小心，还是会留下痕迹。

间谍跟小偷不一样，不能让对方知道东西失窃。如果已取得不会留下痕迹的备份钥匙，就应尽可能使用钥匙。

在黑暗中，蒲生需要五分钟的时间来开启保险箱的锁。

他谨慎确认没有其他机关后，这才缓缓打开保险箱的门。

他将笔灯伸进保险箱内，不让光线外泄，这才打开电源。

在狭小的保险箱内有几本笔记。

蒲生取出笔记，迅速看过内容。

那不是暗号，而是用一般的英语写成的内容。字体有着强烈的个人风格，确实是葛拉汉的字迹。内容是……

蒲生不禁露出苦笑。

这些笔记是葛拉汉在印度时便开始写的日记。

他在当地从事非法的生意、难堪的传闻、为了掩盖丑闻而花大笔银子行贿、无法向人启齿的欲望、放荡的男女关系、对贵族阶级的痛骂……

葛拉汉毫不掩饰地写下这一切，但蒲生翻遍每一本笔记，都没发现任何和组织有关的记录。

葛拉汉收在秘密保险箱里、最害怕被人发现的东西，就是这些日记。

为了谨慎起见，蒲生特别检查了一番，笔记本没有任何机关。

本来应该有物证的地点并没有物证。

这么看来，葛拉汉与恐怖事件有关的可能性近乎为零。

蒲生将笔记本放回秘密保险箱，恢复原状。

他关掉笔灯，周围再度陷入一片黑暗中。

"近乎零"并不等同于"零"。

不过，要证明他完全与此事无关，就现实状况来说，是不可能的——只能这样交差了。

他轻轻关上保险箱，同时脑中蓦然浮现前些日子报告任务时，结城中校所说的话。

——不管怎样的调查，都不可能面面俱到。别忘了这点。

难道当时结城中校早已预料到这样的结果？

蒲生感觉到一股阴森之气，仿佛结城中校在黑暗中望着他一般，但他马上挥开这个想法，将思绪集中在手指的感觉记忆上。

不管最后的结果如何，如果被对方发现自己曾经潜入，那就不配当一名间谍。势必得将现场完全复原成潜入前的状态，再离开现场。

蒲生拿起摆在地上的油画，重新挂上墙壁，遮住秘密保险箱。

画框右边微微倾斜。

他靠手指的感觉来调整角度。就在这时，他发觉哪里不太对劲，便停下了手上的动作。

——怎么回事？

公园……结城中校……就是这个，当时结城中校……

他想起来了。

——不管怎样的调查，都不可能面面俱到。别忘了这点。

结城中校说着，同时把拐杖换了手，那是毫无必要的动作。就算只是一眨眼，结城中校也不会做不必要的动作吧？

蒲生脑中浮现一个可能性。

难道是……

蒲生在黑暗中，转头望向背后。

一瞬间，他觉得自己仿佛看到了原本看不见的东西。

6

三天后的傍晚。

蒲生一如往常被唤至英国总领事官邸，在下完一盘棋后，他告诉葛拉汉，从明天起他没办法再来了。

"我收到红纸了。"

他突如其来的一句话，令葛拉汉惊讶地睁大双眼。

蒲生耸肩说道：

"是兵单，我被陆军征召，下星期就要入伍了。在那之前，我想先回故乡，和所有亲戚碰个面。店里也从今天开始就放我假，所以今天是最后一次陪您下棋了。"

"是吗，你要加入日本陆军……"

葛拉汉眉头微蹙，无比遗憾地低语，接着他站起身，朝蒲生伸出手。

"祝你武运昌隆。这些日子受你照顾，期待日后有机会再和你下棋。"

蒲生也站起身和他握手，不禁暗自在心中苦笑。

——这些日子受你照顾了。

葛拉汉这么说，不过他永远都不知道这句话有多沉重。他万万想不到，就在自己即将因牵涉那桩恐怖事件而被逮捕之际，会被蒲生所救。

日本宪兵队之所以会怀疑英国总领事葛拉汉涉案，是因为在组织指定的联络场所，都有他的身影。而且事后调查得知，疑似指示书的暗号便条，用的都是英国总领事馆的特殊纸张。

根据这些情况判断，葛拉汉负责传递指示书的可能性极高。

他涉嫌重大。

但根据蒲生和葛拉汉接触所得到的心证，他却近乎完全无辜。

面对如此诡异的落差，蒲生一直努力想查明究竟孰是孰非。

不过，会不会两边都正确？

葛拉汉将组织的指示书送往通讯地点，但有没有可能本人对此事浑然不知？

三天前潜入英国总领事官邸的蒲生，在撤离现场前，突然想到结城中校暗示他的某个可能性，他加以确认后，发现那项假设果然没错。

恪守绅士风范的葛拉汉，出门一定会以伞代杖，挂在手臂上。

蒲生调查葛拉汉摆在书房伞架上的雨伞，发现伞柄是空的。

如果葛拉汉是被当成一名"无辜的信差"加以利用的话……也就是说，如果他是在不知情的情况下，替人运送塞进伞柄里的消息，那就能解释这诡异的落差了。不过……

到底是谁，为了什么目的，竟然如此大费周章？

——答案应该就快揭晓了。

蒲生和葛拉汉下着最后一盘棋，同时偷瞄时钟。

他在来英国总领事官邸前，打了一通匿名电话。

对象是横滨宪兵队总部。

急于立功的横滨宪兵队不顾陆军参谋总部的制止，为了逮捕英国总领事欧内斯特·葛拉汉，此时正调派人力，准备出动。

蒲生指名要找宪兵队长，告知计划在皇纪两千六百年的纪念典礼上暗杀政府要人的嫌犯的名字和职业，以及他们此刻的所在地。

宪兵队长对这突如其来的匿名电话感到不解，相当怀疑情报的可信度。但蒲生不予理会，语带威胁地低声说了一句，便挂断电话。

——机会只有今晚，你们若不赶快前去逮捕，嫌犯就会逃走。

话说回来，这项"皇纪两千六百年纪念典礼的政府要人暗杀计划"是不可能外泄的高级机密，横滨宪兵队不可能对这通电话视若无睹。

至少今晚宪兵队那班人没空来逮捕葛拉汉。

蒲生告诉他们的嫌疑犯多达十余人。为了一网打尽，横滨宪兵队只能兵分多路来进行。

"我要用骑士吃您的皇后了。"

蒲生佯装没发现葛拉汉在棋盘上设下的陷阱，大胆挺进。

——就算再怎么严厉审问逮捕到的那些人，应该也拿不出证据可以证明他们和英国总领事欧内斯特·葛拉汉有关系。

蒲生内心很笃定。

将信息藏在伞柄里是间谍常用的老套手法。若只是要藏匿通讯信,暗中传递,方法多得是,大可不必这么麻烦。蒲生在调查的过程中之所以会遗漏这点,也是这个缘故,可以说这是他的盲点;但蒲生总觉得是有人刻意使用这个手法,对方的目的是……

可能是要让人怀疑葛拉汉。

事实上,凭蒲生的调查,要想证明葛拉汉毫无嫌疑,相当困难。

不可能证明他完全无辜,

一般来说,的确如此。

不过,要完全洗刷葛拉汉的嫌疑,只有一个方法。

就是找出真正的犯人。

潜入官邸的那一晚,蒲生在葛拉汉的伞中加了一个机关。

他所设的机关会让拆除伞柄、拿出信息的人的手指沾上墨水。这种墨水是陆军研究所接受D机关委托研发的特殊荧光墨水,通常情况下是无色透明的,但是会对某种特定波长的光线起反应,浮现出颜色。

接下来的三天,蒲生一直在葛拉汉身后跟踪,观察周围的人的手指。

有几个人的手指产生了反应,浮现出颜色。

分别是在英国总领事馆工作的书记、葛拉汉经常出入的大楼衣帽间管理员、咖啡厅服务生。

他们肯定是利用葛拉汉的雨伞来传递信息。

另一方面,葛拉汉的手指一直都没有颜色。

就现况来看,原本"嫌疑重大"的葛拉汉,就此完全洗刷嫌疑。

之后,只要将那几名新出现的嫌疑人交给宪兵队即可。

不过……

蒲生从调查"确认葛拉汉有无嫌疑"的过程里获知的情报中,

想到了一件事。

恐怖计划可能只是个幌子。

不，蒲生用来代替葛拉汉、送交宪兵队的人全都是狂热的爱国主义者，想必他们对目前日军在中国的行径深感愤怒，是真的想进行恐怖计划，向日本抗议。另一方面，集结这群人，对他们下达指令，保证会提供炸弹的组织，恐怕是不管再怎么追查，也查不出真实身份的幽灵。

蒲生认为这次一连串骚动的目的是要促使日本宪兵队逮捕英国总领事欧内斯特·葛拉汉，好让日英关系恶化，而在日本的中国爱国主义者遭到了利用。

蒲生既然看穿了手法，就可以确定背后有某国的间谍在暗中运作。

或许只是中国国民政府为了削减日军在中国大陆的兵力，而利用了在日本的爱国者。除此之外，也可能是目前在华北与日本对峙的苏联谍报部所为，或是在欧洲与英国严重对立的德国，为了将日本拉入自己的阵营，设下的圈套。

不管怎样，如果是有某国的间谍在背后操纵，要进一步查出线索并不容易。

此次的任务，只能就此打住了。

——不管怎样的调查，都不可能面面俱到。别忘了这点。

结城中校的那句话，其实是警告蒲生别再深入追查。

结城中校知道葛拉汉是无辜的之后，便告诉蒲生任务结束。

蒲生声称自己被陆军征召，就此从葛拉汉面前消失。

这次的任务到此为止。

不过，蒲生并没有对葛拉汉说谎。原本被扣押的正牌蒲生次郎，后来真的被陆军征召，送往中国大陆。在葛拉汉离开日本之前，就算他在战场上负伤，也不许回国，如此一来，就不会有葛拉汉与正牌蒲生次郎不小心碰面的危险了。

今晚被宪兵队逮捕的嫌犯当中，也包括英国总领事馆的书记。不过，恐怖分子企图在皇纪两千六百年的纪念典礼中暗杀政府要人的计划，原本就没对外公开，所以明天应该会以"他因为喝醉酒闹事而被逮捕"的说法向总领事葛拉汉报告。

葛拉汉今后也永远不会知道，自己曾经惹上多么可怕的嫌疑，而周围又发生了什么事。

蒲生在最后一次的棋局中，不露痕迹地让葛拉汉赢了棋。

葛拉汉很难得地送他来到玄关。

"真伤脑筋。从明天起，我要怎么打发时间呢？"

葛拉汉依依不舍地再次伸出手。蒲生握住他那手背覆满白毛的手，这时，葛拉汉突然左右张望，悄声对他说：

"这件事我只告诉你，其实我最近可能也会离开日本。"

"……您要回国吗？"

"嗯，你也知道的，我很喜欢日本，想一直在此长住，但内人她……"

"夫人她怎么了？"

"也没什么，应该是神经衰弱的老毛病吧……"葛拉汉一脸犹豫，欲言又止，最后他低声说道，"她说'屋里有幽灵'，很害怕。"

"……有幽灵？"

"内人说，三天前的晚上，她亲眼看到有个男人的幽灵悄然无声地在屋里来回走动，这屋子她再也不敢住了。但你想想，这座官邸才刚建好没几年,根本没死过人。如果是像英国那种代代相传的老房子,还另当别论,像这种房子怎么可能会有幽灵。"

蒲生脸上泛着微笑,不发一语地颔首,表示同意他的说法。

"你也这么想,对吧?但我好说歹说,内人就是听不进去。最后她说'无论如何,我都要回英国去'……话说回来,听说内人已动用亲戚的关系,为我在政府里安排好适当的职务,我不回去也不行了。"

葛拉汉一脸无奈,但他的眼神与嘴巴说的截然不同,正散发出充满野心的炯炯精光。

——我都这把年纪了,竟然还有高升的机会。

看来,他很想找人分享心中这份喜悦。

蒲生很机灵地恭贺葛拉汉高升,之后与他告别。

7

蒲生走在通往港口的下坡路上,同时在脑中思索刚才听闻的情报。

——欧内斯特·葛拉汉近日将返回英国,担任要职。

潜入官邸的那天晚上,蒲生偷看过他的日记。

在印度从事非法的黑心生意、放荡的男女关系、无法向人启齿的可怕欲望、对贵族阶级的痛骂……

虽然蒲生只大致看过一遍,但他当然可以准确地重现日记里的每个字。

葛拉汉一定不希望这些情报被公开,他尤其害怕夫人知道这些秘密。

葛拉汉回国担任要职，等到他可以自由调阅机密情报时，昔日的亡灵将会在某个晚上再度出现。会有来路不明的人悄悄拜访葛拉汉，以向夫人透露日记内容为要挟，要求他泄露英国政府的机密情报。

重点在于压力和报酬。

葛拉汉肯定会出卖自己的灵魂。

到时候，葛拉汉才会明白夫人说她在日本看到幽灵一事的真正含意。

明白名为"蒲生次郎"的男人的真实身份。

——不过，在那之前还有一段时间。

在那之前，不知还会"收获"几个目标……

蒲生在执行任务期间一直伪装成"喜欢下西洋棋的好青年"，此时他已抛开面具，吹着口哨，走在昏暗的坡道上。

鲁宾逊

1

……在伦敦上演了一出惨不忍睹的闹剧。

走出格兰饭店后,伊泽和男旋即发现有人跟踪,不禁微微蹙眉。他并未转头,而是暗中确认跟踪者的状况。

(两个人……不,是三个人吗?)

为了谨慎起见,伊泽在《每日电讯报》的报栏前驻足,假装阅读陈列在橱窗里的报纸。

——没错。

一名身穿灰西装、头戴灰色软呢帽、中等身材、不太起眼的男人,与他保持十米距离,正在往旧书店里窥望。道路的另一侧,一名假装若无其事走进面包店的男人,应该是他的搭档。

这两人都不像外行。

这么一来,在我看不见的地方,应该至少还有一或两人在监视我。

伊泽想起刚才和他道别的那名交易对象自信满满的模样,暗自咒骂一声。

（难怪他会提醒我小心背后……）

那名交易对象早已被跟踪。

除了这个原因，伊泽不可能会被人跟踪。不过……

现在不是说这种话的时候。

（接下来……）

伊泽从报纸上移开视线，吹着口哨，迈步走出舰队街。

途中他绕往"皇冠小丑"餐厅，点了杯咖啡。他坐在靠窗的座位，喝着咖啡，神色自若地观察路上的动静。

原本往旧书店里窥望的男人，已从店门前走过，绕过街角，看不见踪影。接着不出所料，果然有第三名跟踪者出现。

——这么一来，就能掌握到跟踪者的位置关系了。

伊泽喝完咖啡，走出店外。

他在一家小店前掏钱买了一份《标准晚报》，露出猛然想起某事的神情，跳上一辆刚好驶来的巴士。

汽车行驶到车站前，正值傍晚的交通高峰，他立即下车，在地铁车站买了只坐一站的车票。

他通过检票口，坐上驶入月台的列车的最后一节车厢。

就在即将开车前，伊泽硬把门扒开，跃向月台。

接着他确认过没人跟着跳上月台后，绕往另一侧的月台，搭反向的列车前往查令十字车站。

他等两辆在站前广场依序候客的出租车通过后，拦了第三辆车，到另一处场所下车。接着又改换了两辆出租车，这才向司机告知一处离他目的地足足有两个街区远的地点。当伊泽来到那栋朝向牛津街的建筑前时，伦敦的秋日已逐渐西沉。

他朝被路灯照亮的广告牌瞄了一眼。

"前田伦敦照相馆"。

十五年前，前田弥太郎从日本前来伦敦，开设了这家照相馆。当初开店时，他让客人穿上艺伎的和服，站在富士山的背景画前拍照，以此种"仿东方色彩"为卖点。不过这些年来，不只是居住在英国的日本人，就连当地的伦敦人也都称他是"为人正直，技术又好的摄影师"，并因此深得信赖。但前田一样赢不过年纪，最近身体状况欠佳，和妻子一起返回日本，把一切工作全交给他们在日本研究摄影的外甥伊泽和男。

伊泽绕到店的后门，仔细检查后门的状况。

先前他在门与门框间黏了一根头发。

头发还和他外出时一样。虽然这是很基本的"防范装置"，但像今天这样突然被人找去，与其什么防范都不做，这样还聊胜于无。

伊泽从口袋里取出钥匙，低声吹着口哨，打开门。

四处都拉着黑色幕帘的照相馆内，在太阳下山后一片漆黑。黑暗中，只有伊泽的口哨形成的回音。

是舒伯特年轻时为歌德的诗所谱的曲子，极为有名的旋律。

《魔王》。

抱着儿子驾马疾驰的父亲、放蹄飞奔的快马、因恐惧而发抖的男孩，以及想以甜言蜜语夺走孩童灵魂的魔王……

父亲在极力安抚儿子，但回到家时，父亲看到的是……

伊泽朝开关伸手，想开灯，但就在他的手指即将碰触到开关时，屋内的灯光忽然亮了。

那一刻，他因刺眼的光芒而眯起眼睛。

屋内早有人在。

身穿灰色西装,头戴灰色软呢帽。男人握着手枪,枪口笔直地朝向伊泽。

"找到你了。"男人面无表情地低声说道。

"……"

伊泽一语不发,男人拿枪对着他,微微耸了耸肩。

"捉迷藏的游戏结束了。你有间谍的嫌疑,我要逮捕你。"

伊泽的视线迅速往左右游移,想找寻出路。

但他感到有人拿枪从背后抵住了他。伊泽放松身体,缓缓举起双手。

2

"这是做什么?我到底犯了什么罪?!"

取下堵住嘴的口球后,伊泽马上高声抗议。

伊泽在照相馆里被一群神秘男人用枪抵住,被架着带出屋外,押进一辆停在马路旁的汽车后座。

他在车内被蒙住眼睛,戴上手铐,甚至在嘴里塞进口球。对方的动作利落得教人惊讶。这群男人显然对这种工作驾轻就熟。

车子发动后,坐在他两侧的男人始终不发一语。

伊泽从感觉到的道路状况来判断,车子似乎正穿越伦敦市区,朝郊外而去。不过,究竟会被带往何方,对方只字未提。

行驶约三十分钟后,车子突然停下。

车门开启,对方催促他下车。

他们隔着衣服搜遍伊泽全身,之后从两旁架起他的手臂,依然蒙着他的眼睛,带他走进建筑中。

进入之后，走了一段长长的走廊。他走上楼梯，转了几个弯。

突然，前方的门开启，有人粗鲁地从背后推了他一把。

背后的门关上，同时另一只手抓住伊泽，让他坐向椅子。

拆下眼罩一看，眼前是宛如警局侦讯室般的狭小房间。

四面被没有窗户的白墙包围，脚下是短毛的灰色地毯。房间中央摆着一张没半点花样的钢桌，桌子两侧则是同样冷冰冰的铁管椅。他被迫坐在其中一把上。

伊泽背后的两侧，各站着一名身穿英国军装、体格健壮的士兵。

他觉得房内还有另一个人，就在他背后看不见的地方。

取下堵住嘴巴的口球后，伊泽马上高声抗议，同时想转头望向身后，但站在两旁的男人马上按住他的头和肩膀。

"可恶，怎么会这样！"伊泽放声大叫，"一定是弄错了！你们抓错人了。求求你们，请帮我解开手铐。我不会告诉任何人，请放我回家吧！"

蓦地，摆在桌上的灯发出强光，迎面照向伊泽。他条件反射性地想背过脸去，但士兵从两侧紧紧按住他的头和肩膀。

他因强光而眯起眼睛。背后那人似乎在屋内绕了一大围，接着从桌子对面，即正伊泽的后方，传来低沉的声音：

"很遗憾，我们已知道你是日本陆军派出的间谍。你死心吧。"

"间谍？你说我是日本陆军派出的间谍？"伊泽万分惊讶似的高声说道，"你在开什么玩笑啊？对了，刚才在照相馆里，也有人这么说……我只是一般的摄影师。如果你觉得我骗人，可以去问我舅舅。"

"你舅舅？"

"最近刚回日本的前田伦敦照相馆的老板，前田先生！只要问弥太郎舅舅，就能知道我是什么人。"

"原来如此，这也是个办法。"男人以高姿态的口吻说道，"不过，我们从一个比你更机灵的人口中得到了和你有关的证词，要听听看吗？"

男人微微抬手，比了个手势后，从架在房内某处的喇叭里传出声音。

"……那我就跟你说吧……这可是秘密哦，你一定要保密。你知道位于牛津街上的前田伦敦照相馆吗？嗯，对对对，就是那家……经营那家店的前田老板回日本去了，改由一名说是他外甥的年轻人到伦敦来……喂，这件事你真的不能跟别人说哦，因为这是机密……嗯，我知道。你和我的关系不比外人……对了，那名来自日本，姓伊泽的男人，你知道吗？……对，就是那名老是在店门前玩相机，个头矮小，看起来很亲切的年轻人……你说他是个帅哥，是吗？不过……也是啦，当然是我比较帅喽。总之，他其实不是前田老板的外甥，而是日军派来的间谍……你说我骗你？我哪会骗你啊。你听好了，日本陆军里头，有个通称'D机关'的机密组织。外务省里只有极少数的人知道，那名年轻人就是他们派来的。……咦，他的目的？不知道，好像是要查探英国的内情，在他们后方制造混乱……对啊，很坏对吧？话说回来，间谍本来就是品格低下的变态才会做的工作。那种人就算跑来破坏我们俩的感情，也不足为奇……亲爱的，让我们再次确认彼此的亲密关系吧……"

声音中断。

这个浑然未觉自己被人录音、一直讲个没完的男人……

是外村均，最近刚派驻伦敦的菜鸟外交官。

上任才不到两个月，就被英国的性间谍玩弄于股掌之间，在床上随口说出机密情报。外务省又送来了这种让人头痛的人物！不过……

"结城过得好吗?"

男人若无其事地问道,令伊泽猛然回过神。

既然对方提到结城中校,那表示他是英国情报机关的高层。照这样来看,伊泽应该也知道敌人的真实身份。

伊泽眯起眼睛,仔细观察那名待在刺眼强光后方的男人。

他有一对灰色眼珠,身材瘦长,长脸。他已不年轻,顶着一头理短的银发,身材结实,虽然穿着一袭不起眼的灰色西装,但看起来比其他两名身穿军装的男人更有军人的架势。男人右脸颊上有一道纵向的伤疤,应该是昔日在战场上换取勋章的伤痕吧。这么说来……

他是霍华德·马克斯中校。

是隶属于英国情报机关的"情报头子"之一。

现在他或许已晋升为上校或准将,但无法从他的穿着推测其真正的军衔。

不管怎样,明白敌人的真正身份后,伊泽反而安心不少。

接下来将是谍对谍的交易。

谍报员培训学校第一期。

伊泽和男在通称"D机关"的学校里所受的各种训练中,包含了"被敌国情报机关俘虏时的应对方式"。

"潜入敌阵的间谍身份暴露时,就意味着他在该国的任务失败。"

亲自上台授课的结城中校,用暗淡无光的双眼环视着学生。

"这当然不是我们乐见的结果。不过,不可能有绝对不会失败的任务。倒不如说,任务失败时的应对方式才是真正重要的。举例来说……"

结城中校这时突然停顿了一会儿,嘴角讽刺般的歪了一下,接着说道：

"现今的陆军那班蠢才完全没有预先设想自己的作战或任务失败时的情况。他们总是抬头挺胸地说：'我们的任务绝不会失败。万一真走到那一步，我会壮烈成仁。'真是蠢到极点。死，一点都不难，谁都办得到。问题是，死并不能负起失败的责任……"

不只那一次，结城中校总是动不动就说：

——杀人和自杀，对间谍来说，是最糟糕的选择。

"死往往是世人最关心的事。平时要是有人丧命，一定会吸引周围人注意，警方也一定会出动。对理应是'隐形人'的间谍来说，一旦暴露身份……不，只要是引来周围的注意，就意味着任务已经失败。"

因此，对间谍来说，"死"是最该避免的情况；另一方面，这也是日本陆军对D机关最忌讳的原因。在以杀敌或自杀为前提的军队组织中，间谍的存在终究只是误放进箱里的烂苹果，也是会害周围的苹果跟着腐烂的异物。

"不过，就算你们被敌人俘虏，受到拷问，也不必害怕。"

结城中校神色自若地说明个中理由。

人可以感觉到的痛苦有其极限。当痛苦超越极限，就会失去意识，封闭感觉。会彻底击溃人心的，不是痛苦，而是对痛苦的恐惧和内心的想象。只要克服对痛苦的过度恐惧，拷问根本不足为惧。

除了结城中校，就算其他人说同样的话，也完全不具有说服力。可是……

结城中校当年潜入敌国时，被同伴出卖，遭到逮捕，遭受严苛的拷问。尽管当时他失去了一部分肢体，但仍乘机逃出敌营，将重要的机密情报带回国内。此等功绩，令他说的每一句话都带有不容质疑的真实性。

"只要心脏还能跳，就要想办法逃脱敌营，带回情报，这是诸位的使命。为了做到这点，你们需要的当然不是意志力或大和魂这些教人摸不着头脑的东西。"

结城中校以仿佛会看穿人心般的冷峻眼神，环视在场的每个学生，接着才切入正题。

"你们需要的是被逮捕接受审问时的应答技巧。这才是你们得事先学会的东西。"

伊泽在D机关学到的技巧如下。

——不管是何种情报，随便就告诉敌人，并非上策。一开始要否认一切罪状。如果当场认罪，反而会引人怀疑。

D机关从刚被逮捕时该如何应对开始教起。

——要刺探出对方掌握了多少情报。别自己主动说，要让对方开口。如果对方很快便动用暴力，反而表示他们没什么证据。

——激怒对方，然后以屈服于压力的样子，缓缓说出情报，才能取信于人。

——始终都要伪装成是审问的一方查探出情报的模样，因此要故意说得很琐碎，让对方混乱。某些部分要故意推说是忘了，保留不说。

——审问者往往都会跃跃欲试地想要进行"推理"，所以要若无其事地提供看似微不足道的模糊线索，或是乍看之下摸不出头绪的提示，让对方当成进行推理的契机。如此一来，对方一定会上钩。

——审问终究是语言的交锋。既然对手想获取情报，我方就要制造让对手取得情报的机会，绝不要放过机会。

D机关教导学生假想针对各种审问的应答技术，同时也训练学生将这些技术转化为自身的"血肉"。

（没想到真有得以实践的一天。）

伊泽在内心微微叹息，但旋即佯装若无其事，望向马克斯中校。

审问长达一周。

所幸他未遭到粗暴的对待，身为"俘虏"，他的待遇还算差强人意。

在接受审问的过程中，伊泽确认了几件事。

对手知道哪些事情。

不知道哪些事情。

想知道哪些事情。

误会了哪些事情。

令伊泽意外的是，敌人还不知道他被逮捕前，在格兰饭店见面的那名同伴。

"……应该够了吧。"

伊泽看准时机，装出一副心力交瘁的模样，缓缓摇了摇头。

"该说的，我已经都说了。我已供出一切，没任何隐瞒，已经没东西说了。"

"没错，到目前为止，你招供的内容还不坏。"马克斯中校往烟斗里塞进烟草，点上火，如此说道，"我只是觉得你说的话都兜得拢，太过完美，令人有点在意。"

"当然兜得拢啊，因为我说的都是真话。"

"或许是，或许不是。"

"真伤脑筋，你的疑心病可真重。"

马克斯中校缓缓吐出白烟，自言自语般地说道：

"如果你不是结城的部下，我们就会接受你的说法。"

"结城？结城中校……妈的，那个该死的家伙！"

伊泽突然大声喊道，连珠炮似的将结城中校臭骂了一顿。

冷血动物。

人肉贩子。

拉皮条的。

地狱使者。

吸年轻人精气的吸血鬼。

阴阳怪气的家伙。

……

不久，他颓然垂首，前额抵在桌上低语道：

"你们……也差不多该饶过我了吧？到底还要我说什么？"

"很简单，把你知道的事全说出来就行了。"

伊泽叹了口气，讨好地窥望对方。隔了一会儿，他低语道：

"……你愿意用我吗？"

马克斯中校叼着烟斗，惊讶地说道：

"这么说来，你愿意当英国的双面间谍喽？"

"我讲出那么多秘密，已经是个叛国贼了，也回不了日本。走到这一步，我已经自暴自弃了，什么事我都敢做。"

马克斯中校眯起眼睛，凝视了伊泽半晌。

"好吧，那就开始下一个阶段。"

"下一个阶段？……你该不会是要拷问我吧？"

"很遗憾，我们不是纳粹，不会拷问。"

马克斯中校叼着烟斗，嘴角浮现出残虐的冷笑。

"不过，我得确认一下，你是否真心想成为我们的伙伴。"

——确认……我是否真心？

伊泽背后的门开启，走进一名穿军装的男人。他在桌子上摆了一个银色的小盒子，接着朝马克斯中校行了一礼，默默走出屋外。

马克斯中校打开小盒子，从里头取出一支针筒。

"这是我们研发出的自白剂。"他将装有透明液体的针筒举至面前，若无其事地说道，"我们可以不用借助严刑拷打，而是用这个方式来确认你是否真心。"

伊泽睁大双眼。紧接着，他挣扎着想从椅子上起身。

"住手！求求你，别这样……住手！"

随即有四只强健的手臂从伊泽背后伸来，硬将他按回椅子上，紧紧压住，令他无法动弹。

他的右手衣袖被卷起。

针筒的注射针刺进手臂。

3

——这是饯别礼。你带着吧。

结城中校微微抬眼说道，从抽屉里取出一个包裹，抛给伊泽。

那是伊泽结束在 D 机关里的训练，准备启程前往伦敦的日子。

基于间谍的任务性质，D 机关的学生远赴海外执行任务时，无法指望能像其他军人那样有盛大的送行会。家人就不用提了，连对同样在 D 机关受训的同期生也不能透露半句，在无人知晓的情况下，独自踏上旅程。

唯一例的外是结城中校。D 机关的学生都私下称呼他"魔王"，所以他当然能准确掌握新派出的间谍执行的任务、地点，以及出发日期。

结城中校抛给前来告别的伊泽一个小包裹，说是"饯别礼"。接着又以他那看不出心思的冷漠表情对着办公桌，继续处理文件。伊泽本以为他会对饯别礼作些说明，于是等了一会儿，但最后结城中校只是抬起手，告诉他可以退下了。

（伤脑筋，还以为是什么好东西……）

没人送行，伊泽独自搭上开往英国的客船，隆重的开船仪式结束后，他横身在舱房的床铺上躺下，打开结城中校送他的包裹。

包裹里是一本包着红色书套的书，里头是横写的罗马字——好像是英文。除此之外，连张卡片也没附。

他很不解，打开书。确认过书名后，伊泽忍俊不禁。

《鲁宾逊漂流记》。

在日本有许多名为《鲁宾逊·克鲁索》或《鲁宾逊漂流记》的节译本，伊泽记得小时候也读过其中一本。

（他的意思，是要我在搭船前往英国的漫长旅程中，看这本书打发时间吗？）

伊泽露出苦笑，躺在床上看了起来。

出生在约克的鲁宾逊，不顾父亲的忠告，展开航海冒险。后来虽遭遇暴风雨而发生船难，但鲁宾逊幸运地保住一命，独自漂流到无人岛上。在岛上，他以手中的少许工具盖房子，栽培谷物，坚忍不拔地活了下来……

在他漂流到无人岛的第二十五年，发生了一起事件。

在无人岛的海岸边，有名年轻的野蛮人差点被'食人族'杀害，而鲁宾逊出手救了他。那天是星期五，所以鲁宾逊替那名青年取名为"星期五"。

自从遇到"另一位居民"后，岛上开始有许多访客出现。历经许多苦难，最后鲁宾逊终于回到了故乡英国。

事隔多年，伊泽重读鲁宾逊的故事，觉得出奇地有趣。

话虽如此，故事中的主角常一本正经，且近乎执拗地提到"上帝和教义"以及"正义的问题"（就逻辑来说，可说是一团乱），令人吃不消，而且故事中充斥着"白人中心主义"，令人很反感。

他觉得有趣的是其他方面。

鲁宾逊虽然漂流到无人岛上，独自求生，但他还是坚持保有英国人的姿态，这点与间谍一样。

一般人常会误以为没有说话对象、单独行动的人（在无人岛上生活的人，或是伪装身份潜入他国的间谍），经常会面临精神危机。不过，间谍的欺瞒行为，其实并非是多么艰难的事情。简言之，那是经验的问题，换句话说，只要能够将这件事情视为职业，就没有问题。

"这是很普通的能力，也是大部分人都有的能力。"

可能每个D机关的学生脸上都会泛着轻蔑的冷笑，如此说道。

演员、诈欺犯、魔术师、赌徒。

他们以此作为职业来欺骗他人，借此谋生，但有时也会收起演技，混进观众当中。这时他们会脱离"角色"，回归原本的自己。

不过潜入敌国的间谍，却片刻都不能借由这样的救赎来让自己放松，他们得时时让自己与另一种截然不同的人格同化。举例来说……

"伊泽和男"这个姓名和经历，也是为了这次的任务特别使用的。

真正的伊泽和男是在伦敦经营照相馆的前田弥太郎的外甥，的确在日本学摄影。目前他被陆军征召，应该正在一处与外界没有任何接触的地方服兵役。

此次伊泽被指派的任务是潜入英国伦敦，收集并分析当地的情报，送回日本。倘若有人怀疑"他应该不是真正的伊泽和男"，马上就会影响到他的任务。

他在离开日本前便已将与伊泽和男有关的大量情报记得清清楚楚。现在无论在何种情况、任何地方、被什么人问到，他都能做出"我是前田弥太郎的外甥伊泽和男"这样的反应。为了扮演好这个角色，熟悉摄影技术当然是不可或缺的要素，但这对D机关的学生来说，只是小事一桩。事实上，一些更细微的情报，像伊泽和男过去的人际关系、癖好、对食物的好恶等，要将它们全部掌握，是一件更耗费心思的工作。

只要有一丝松懈，马上就会带来毁灭。

这与独自漂流到南海的孤岛，却仍极力保有英国人的自我认同的鲁宾逊极为相似。

鲁宾逊在无人岛上读《圣经》，向基督教的神明祈祷。

鲁宾逊在无人岛上栽种谷物，磨面粉，烤面包。

鲁宾逊在无人岛上制造烟斗，抽烟草。

鲁宾逊用山羊皮做长裤，制作英国服装。

鲁宾逊替那名土著青年取名为"星期五"，并命他称自己"主人"，强迫他接受这种主从关系。

若光从求生的角度来看，这全都是毫无意义的举动。在南海的孤岛上，他所说的"野蛮人生活"，其实才是最适合的生存方式。

鲁宾逊所做的一切只是"为了过英国人的生活"。

鲁宾逊虽然在无人岛上独自生活，却不会舍弃自己"英国人"的角色，并持续与自己创造出的角色同化。

这就像是个寓言故事,象征着潜入敌国的间谍为了扮演好"间谍"的角色,对自己在当地认识的朋友,甚至是妻子和家人,都不能吐露任何实情,过着假装什么都不知道的生活。

——当做间谍小说来看的《鲁宾逊漂流记》。

话说回来,很难想象那位结城中校是因为对这种小说的文学性感兴趣,才丢这本书给他。

伊泽慎重地翻页确认书中空白处是否写有什么指示。

但什么都没发现,每一页都干干净净,他甚至怀疑是否有人在他之前翻开过这本书。

为了谨慎起见,他以D机关使用的各种试剂,甚至是紫外线灯来检测,但完全查不出使用隐形墨水的痕迹。

伊泽将鲁宾逊的冒险故事摆在面前,在舱房的床上盘腿而坐,盘起双臂,推测结城中校的用意。

(鲁宾逊被迫在无人岛上生活了二十八年。难道这表示,这次任务要有心理准备,得在敌国潜伏这么久的时间……)

伊泽没有得到结论。当他再次重头看这本书时,书末有关作者经历的一行描述,吸引了他的目光。

作者丹尼尔·笛福,是安妮女王的间谍。

接着有这么一段描述。

生活在十七世纪末到十八世纪初的伟大作家丹尼尔·笛福,在英国君主体制下,曾服务于"安妮女王的名誉秘密机关"。

他暗中致力于推动英格兰和苏格兰的统一,近就目前所知,他会使用亚历山大·史密斯、克劳德·基尤等假名,到各地旅行。旅途中,笛福一面整合自己隶属的汉诺威间谍网,一面揭穿敌方的间谍身份。

笛福也精通天文学和炼金术,并运用这些知识设计各种暗号。

另一方面,他还是一名一流的知名作家,著有《鲁宾逊漂流记》、《摩尔·弗兰德斯》、《英格兰与威尔士之旅》等。对笛福来说,写作只是他间谍活动空档的"赚钱副业"……

(那么,这个谜题的意思,是要我在伦敦认真从事照相馆的工作吗?)

伊泽苦笑着,将书抛到桌上,横身倒向床铺。

他决定放弃,不再思索结城中校这个谜题的含意。

如果结城中校有心不让他猜出谜题,伊泽绝对猜不透。

(他设这个谜题的用意,等时候到了,一定会明白。)

现在只能这么想了。

他闭上眼,旋即感到一阵睡意袭来。

就在他即将睡着时,猛然感到脑中灵光一闪。

(对了,原来是这么回事……)

——可是,还差那么一点。

还差一点就能解开这个谜题了……就差那么一点了……

——可恶。

伊泽闭着眼睛,微微皱眉。

从刚才起,耳畔一直听到某个让人很不舒服的声音,害他无法集中精神……那是……口哨?是舒伯特的《魔王》。在夜晚的黑暗中，抱着孩子驾马疾驰的父亲……

魔王要来了……魔王……害怕的男孩……小子，那不是魔王。那是……树影……不，不对。那是……一个转过头来的人影……看得到脸……那是……

——结城中校。

4

他猛然一惊，睁开眼睛。

眼前所有东西的轮廓都层层叠叠，模糊不清。

宛如置身伦敦的浓雾中一般。

他用力眨了眨眼，视线才变得清晰起来。当他回过神来，这才发现……

有一双淡灰色的眼珠正注视着他。

"感觉怎么样？"

马克斯中校以聊天气般的轻松口吻问道。

"这个嘛……还好。"

伊泽马上微笑以对。其实他恶心作呕，自己的声音仿佛是从远方传来一般，前额直冒冷汗。

"看来是药效退了。"

马克斯中校的自言自语传入伊泽耳中。

（药效？）

迷迷糊糊的伊泽，猛然想起自己目前的状况。

——我被注射了自白剂……

看来，刚才是在失去意识的状况下接受审问。

马克斯中校朝旁边一名身穿军装、有张东方面孔的男人努了努下巴，命他退下。对方可能是在审问时担任口译。

我到底被审问了多久？

已完全失去时间的感觉。不，更重要的是……

（他问了我什么？我又说了什么？）

伊泽眯起眼睛，望向前方，下个瞬间，他发现那件事，不禁暗自发出一声呻吟。

马克斯中校唤来部下，悄声下达指示，他明显流露出满意的神情。

"要喝水吗？"

马克斯中校重新转向伊泽。

伊泽经他这么一提才意识到，自己此刻口干舌燥。

马克斯中校命部下端水壶和杯子来。

"这种自白剂有个让人头疼的副作用，就是注射之后会口渴。要说是缺点，也的确是缺点，还有很大的改良空间。"

马克斯中校亲自给伊泽倒水，神情轻松地说道。

伊泽接过水一饮而尽后，吐了口气，这才开口问道：

"我……说了什么吗？"

"放心，你不必担心。为了谨慎起见，我会再向你确认你刚才说的话。"

马克斯中校说完，点燃了烟斗，像是想到什么似的，又补上一句：

"对了，我有一些新发现。"

"新发现？"

"没错。举例来说，你忘了跟我们说你们无线电暗号的小秘密。

以莫尔斯密码传达情报时，除了暗号外，还有个人打电报的习惯——讯号所用的点和线的长度，都已在国内登记过——这些和指纹一样，每个人都不一样，可作为暗号的防护措施……大概就是这么回事。"

"不会吧……连这件事你都……"

"你可别见怪啊。"

马克斯中校微微耸肩。

"这也是为你好。"

"为我好……"

"当然喽，一切全是为了你好。"

马克斯中校的口吻从原本的轻松转为亲昵。

"违反你的意愿，对你这么粗暴，我在此向你致歉。但多亏这么做，我才信得过你。今后你可以在我手下工作。"

伊泽眯起双眼，狐疑地望着对方。

马克斯中校的态度教人猜不透，到底是什么令他如此放松？

"对了，难得有缘，我也告诉你一件事吧。"马克斯中校叼着烟斗，斜眼望着伊泽道，"刚才我们没问你，你倒是嘴里不断念叨着'可恶，我被结城中校出卖了'、'结城中校出卖了我'……被结城出卖的男人最能获得我们信任。"

伊泽紧咬着嘴唇，狠狠瞪着马克斯中校淡灰色的眼珠，以及他那右颊有一道伤疤的脸庞。

接着他转过脸去，颓然垂首。

这是自从被逮捕后，伊泽第一次被解开手铐。

"我这儿有件希望由你执行的任务。"

他恢复军人的冷酷口吻，如此说道，并命他的部下送来一台通讯用的莫尔斯电报机。

"用它传送暗号回日本，是你的第一项工作。"

"……传送暗号回日本？"

伊泽无力地抬起头来。

"我们已经准备好电报内容了。或许你会觉得我们多管闲事，但我们已将电报内容转为暗号，变更成莫尔斯密码。也就是说，你只要操作眼前这台机器，打出通讯文就行了。很简单。"

——原来是这么回事……

伊泽紧抿双唇。

只要让敌国相信假情报，多少都会造成其损失。

例如，传达"某国对哪个地方增强军备"之类的错误情报，敌国若因此而增设对抗该地的军备，其他地点的军备就会变得很薄弱。

或是针对某国三军的预算传达夸大的错误情报，敌国便被迫得制定足以与之对抗的预算，因而浪费庞大的金钱和人力，国力会因此遭到致命的重创。

就算没那么严重，只要能在进行外交谈判时，针对谈判代表提供错误的讯息，交涉结果便会完全不同。也就是说……

散播假情报让对方的情报机关陷入混乱，是对付潜伏间谍最有效的方法。因此，送出间谍的一方，在筛选间谍送回来的情报时，总是特别小心。比起分辨是否是间谍本人传送的情报，判断出我方间谍是否是在敌人胁迫下传送情报，更为重要。

各国情报机关为了这项识别作业，想出各种方法。

通讯时加进暗号。

通讯时间。

特殊的信号波段。

但这些方法早晚都会被对方的情报机关查出，或是被盗用。

"我们已将电报内容转为暗号，变更成莫尔斯密码。"

马克斯中校刚才确实是这么说的。

英国情报机关非但已能解读目前日本所用的暗号，甚至连暗号表都已弄到手。若非Ｄ机关为了识别假情报，而采用"登记间谍个人的打电报习惯"的这种特殊方式，日本国内肯定早已充斥着各种假情报，从而陷入极度混乱的状态中。

"你怎么了？"马克斯中校叼着烟斗，语带嘲讽地朝坐在电报机前踌躇不决的伊泽说道，"你在犹豫什么？我们已经准备好通讯文了。你什么也不用想，只要动手就行了。这是再简单不过的工作了。还是说……"

接着，他又不怀好意地笑道：

"都到这时候了，你还犹豫着该不该背叛结城吗？你这种心情，我也不是不能体会，因为他真的是个很可怕的人。不过，你刚才自己不是也说过吗？是结城先出卖你的。还有，你别忘了，你刚才已经说出了绝不能泄露的事。就算现在回去，结城也不会饶过你。你已经没有选择了。"

伊泽就像被马克斯中校的一字一句打中般的缓缓摇头。

沉默片刻后，伊泽深深叹了口气，朝摆在桌上的电报机缓缓伸出手……

"好。这么一来，你就正式成为我们的同伴了。"

确认过他一字不漏地打出假情报后，马克斯中校满意地点着头。通讯文所用的点和线的长度，都带有伊泽独特的"打电报习惯"……

马克斯中校抬起头，朝身穿军装、站在伊泽背后的年轻男人唤道：

"带他去前面用餐。"

他朝伊泽望了一眼，微微一笑，接着又补上一句"还有抽烟"。

伊泽从椅子上站起后，重新确认通讯文内容的马克斯中校连头也没抬，便下达了指示。

"别忘了戴上手铐。"

"手铐？"

身穿军装的年轻男人纳闷地反问。

"在确认此次的假情报确实对日本造成伤害之前，不能让他离开这里……你要看好他。"

他的口吻平静，但年轻士兵听完后马上立正站好，给伊泽铐上手铐。

虽然嘴巴上说是同伴，但伊泽行动时，背后还是紧跟着武装士兵。这是个身材高大的年轻男人，体重将近伊泽的两倍。

伊泽打完假情报后，就像精力耗尽般，沉默无语。

他垂下双肩，在年轻士兵的陪同下，拖着沉重的步伐走向独居房。来到途中的走廊，他突然停下脚步，说想上厕所。

负责监视的士兵一语不发地努了努下巴，要他顺着走廊右转。

伊泽依言往右走，途中回身向士兵问道：

"……前方转角处应该有厕所，那间比较近吧？"

男人差点反射性地点点头，脸上浮现出猜疑之色。

"你怎么知道？"

伊泽摇了摇头，未作说明。

"动作快点。"

负责监视的年轻士兵打开厕所门,在门口处推了伊泽一把。

厕所墙上只设有一面用来采光的"固定窗",窗外设有坚固的铁栏杆,完全不必担心有人会从这里逃脱。

伊泽小解的同时,口中念念有词。

"……简言之,是作用力和反作用力……杠杆与离心力的原理……"

"喂,你在说什么!"

士兵的声音在狭小的厕所里回荡。

但伊泽并未回头,他还是继续喃喃低语,并移向洗手台前,开始洗手。

蓦然间……

——啊。

他大叫一声,手指着镜子,反复大叫。

——啊!啊!啊!

"怎么了?发生什么事了?"

年轻士兵察觉有异,冲进厕所。

——啊!啊!啊!

伊泽指着镜子,一面发出害怕的声音,一面后退。

"怎么了?镜子怎么了?"

年轻士兵弯下腰,从伊泽背后探头往前望向镜子。

镜子里只映出伊泽畏怯的脸。

接着,猛地一下,伊泽的背部撞向士兵厚实的胸膛。

紧接着,下个瞬间……

伊泽的身影从镜中消失。

与此同时,那名身高六英尺、重达两百一十磅的士兵,身体猛然浮向半空,接着撞向厕所坚硬的地面。

5

伊泽躲在门后，竖耳细听。

——没事，没引发骚动。

他吐了口气。

那名年轻士兵一定没想到，这名几乎只有自己一半高的矮小日本人，竟然会给他一记过肩摔。

伊泽将监视他的士兵摔向厕所地面后，一拳击向他的要害，令他昏厥。他取出对方口袋里的钥匙，替自己开锁，然后将昏厥的男人塞进厕所隔间里。伊泽让他坐在马桶上，应该暂时不会被发现。

——简言之，是作用力和反作用力、杠杆与离心力的原理。

结城中校的声音清楚地在伊泽脑中重现。

结城中校将体重多出自己一倍的对手摔向榻榻米后，露出一副这没什么的表情，如此解说到。

在Ｄ机关受训时，伊泽也接受过空手及使用各种武器的格斗指导，甚至包括在极限状况下的求生术。训练有时会聘请专门的讲师，也常由结城中校亲自指导。特别是柔道训练，结城中校轻轻松松便将比自己高大的对手摔出，或是钻进对手怀中，一拳击中要害，令对手昏厥。

——这肯定是魔法！

一名旅居海外多年的学生，不禁发出这声赞叹。结城中校闻言，马上以他那独特的犀利目光看过去。

——你是傻瓜吗？

他大声喝斥，并严厉地训斥道：

"格斗术和求生术都是只有在完全合理的情况下才能成立的技术体系。今后如果还有人敢说这是魔法，将技术讲成怪力乱神，不管是谁，我都不能留他在D机关内，你们给我记清楚。"

而另一方面，结城中校看有些学生对格斗术和求生术过于投入，便以嘲讽的口吻道：

"对间谍来说，格斗术和求生术根本没必要。靠这种技术杀出一条血路，又能怎样？一旦处在非得和敌人肉搏，或是动用求生术的状况下，是仅次于自杀或杀人的最糟状况。当然，正因为是最糟的状况，所以你们绝不能忽视这项准备，但也仅此而已。"

结城中校最后一定会以暗淡的眼神，让人印象深刻地补上一句。

——绝不能让任何人抓到。

"不让人抓到"，是间谍用来保命的最有效的方法，也是唯一的方法。

"只要不被既有的观念束缚，你们就能随时随地找到武器。"

结城中校在学生面前展示的，有桌上的烟灰缸、做菜调味用的胡椒瓶、硬币、揉成长条状的火柴盒、钢笔、种在花盆里当观叶植物的龙舌兰叶子、对手的领带等等，全都是日常生活中随处可见的物品。虽然都只是很普遍的物品，但只要稍微改变用法，便能成为夺走对手攻击能力，确保自己成功逃脱的有效武器。

（不过……）

伊泽想起结城中校严峻的眼神，暗自叹了口气。多亏有D机关的柔道训练，他才能摔出这名监视他的高大士兵，并令他昏厥。不过，要活着逃离这里，最好不要再引发"冲突"。

伊泽从藏身的门后缓缓探头，观察走廊的动静。

走廊两侧全都是涂白漆的门。一名身穿便服的事务员打开其中一扇门走出来，看着手中的文件，背对着伊泽。当他绕过走廊转角，看不见其身影时，就是好机会。

伊泽缩回脖子，在冲出去前，他再次确认自己的行动计划。

——我在偶然的机会下发现了逃脱路线。

在长达一周的审问期间，伊泽每天都往返于审问室与独居房。途中的走廊两侧也和这里一样，都是涂上白漆的房门，但昨天返回独居房的途中，他第一次看到其中一扇门开启。他在路过时，往里瞄了一眼，发现有几名穿军装的男人正围着桌子进行会议。当时伊泽发现房间墙上贴着一张地图，似乎是这栋建筑的平面图。

他只在从门前走过时瞄了一眼，但光是这短暂的瞬间，他便已将地图的详细内容全部记入脑中。

为了小心起见，他若无其事地向刚才那名监视他的士兵询问厕所的位置，加以确认。看来果然没错，这么说来……

在三楼的走廊尽头有安全梯。若从那里走出建筑外，应该就能沿着仓库的屋顶逃往大马路。

他再次从门后窥望，发现那名事务员正好绕过转角，已看不见其身影。

伊泽深吸口气，压低身子，冲向走廊……

他全速冲过走廊，奔上楼梯。

途中他撂倒了两个人。

他好像已被人发现，背后传来吵闹的声音。

但就差一点点了。

绕过那处转角，来到走廊尽头，就是安全梯了。

飞快绕过走廊转角的伊泽，突然大吃一惊，停下脚步。

眼前没有那扇理应存在的门。

走廊的尽头是一整面漆满白漆的坚固水泥墙。

(怎么会……)

伊泽惊诧的脑中突然浮现结城中校的脸庞，但很快又消失了。瞬间，伊泽就像挨了一记重拳般，理解了可怕的真相。

昨天那扇打开的门，并非偶然。

而是马克斯中校设下的陷阱。

马克斯中校假装偶然地打开那个房间的门，并事先在走廊看得到的地方挂上建筑的平面图。他早料到伊泽看到平面图后，会就此拟定逃脱计划。所以那张平面图才会画上根本不存在的安全梯。

理应是很周详的逃脱计划，却完全被对方看穿。不，伊泽的计划根本是完全照着马克斯中校事先画好的路线在走，他被马克斯中校玩弄于股掌之间。

——我失败了，没想到我竟然会逃脱失败！

伊泽仍不敢相信，陷入深深的错愕，这时，一个冰冷的声音传进他耳中。

——真是错得惨不忍睹。

没错，要是结城中校在的话，一定也会面无表情，冷淡地说道。

——对方是英国情报机关的间谍头子，当然可以料到他会设下这种陷阱。

背后传来冲上楼梯追赶伊泽的脚步声。

眼前的走廊已来到尽头，左右都无路可逃。

当真成了"瓮中之鳖"。

伊泽也不得不承认这点。

我的逃脱计划彻底失败了。

(到此为止了吗……)

自从被捕之后,一直紧绷的神经就此断裂,他感到全身逐渐虚脱……

就在这时,蓦然有个奇怪的东西映入眼中。

走廊上一字排开的房门中,有一扇门被有色粉笔画上了奇特的记号。

(♀)

不太对劲。

"圆圈再加上十字?女性……不,这好像是……"

但现在没时间细想。

只好赌一把了。

他伸手推向画有记号的房门,门没锁。他打开门,躲进房内。

房内一片漆黑。

就在千钧一发之际,好几个脚步声通过门外。

传来他们在走廊上到处开门查看的声音。

"找到了吗?"

"不,没有……你那边找得怎样?"

伊泽能听见交谈声。

他眼下只能躲在黑暗中屏气敛息。

脚步声朝门前走近。

眼前的房门被人用力打开……

6

两小时后……

伊泽闭着眼睛，坐在行驶中的车辆前座。

驾驶座上手握方向盘的是名陌生的男人。打从遇见他的那一刻起，他便把帽子压低，非但看不见他的表情，更分辨不出他的年纪。是爱尔兰人吗？也许是犹太人。不过话说回来……

这不是什么重要的问题。

经由"可以借个火吗"、"我的鞋子是黑色的"这样的对话，已确认他是D机关的内应。像这种"没意义的对话"，不用说也知道，是为了避免意外发生。

之后两人便不再多说，就连彼此的名字也不知道。

彼此一无所悉，万一有事发生，才能将伤害降至最低。

这是间谍之间的"基本礼仪"。

男人的开车技术非常惊人。他以开车为业。从此人夹克衣领的形状，以及车内特有的气味来判断……

伊泽摇了摇头，压抑住自己想展开推理的习惯。

——看来至少不必担心会发生交通事故了。

此刻他已不再细想，放松身体，随着车身的震动而摇晃。

由于有种"得救了"的安心感，令他几乎就此入睡。每次他都极力让自己保持清醒，免得落入沉睡的深渊……

——这个样子简直就像……

伊泽想起此事，露出苦笑。

——在D机关接受审问训练一样。

事实上，当时的情况并非如此。

在D机关的训练中，伊泽会多次在毫无预警下半夜被人叫醒，带往独居房，然后接受数小时，甚至是接连数天的审问训练。

虽说是训练，但审问却是来真的，丝毫都不马虎，有时还会动用暴力或自白剂。

在睡眠不足、疲劳、肉体痛苦，以及自白剂的影响下，脑袋迷迷糊糊，但伊泽和接受同样训练的其他学生仍被要求得马上辨识出"该回答的情报"与"不该回答的情报"。

——这并不是多高深的技术。

伊泽因接受审问而憔悴不已时，结城中校对他说：

"我只要求你们要让自己的意识多层化。将可以给对方的情报放在表层，不该给的情报放在深层。要训练自己，就算对方用自白剂审问，也只会说出放在表层的情报。这很简单。"

这也太强人所难了。

当时没有任何人这么说。

结城中校当初被敌方逮捕，接受审问时，确实办到了这点。既然这是事实，那么……

——我们也一定要办到。

每个学生都对此深信不疑，他们个个都拥有极强的自尊心。

等到伊泽他们都能忍受这样的审问后，结城中校才告诉他们这项训练的真正目的。也就是说……

——在敌区被逮捕时，能利用这项技术逃脱。

学生露出惊讶的表情，结城中校向他们分析敌方逮捕间谍时的心理反应。

"逮到敌方的间谍，或是解开敌方暗号的一方，接下来一定很渴望利用手中的间谍，向敌方散播假情报。既然假情报是派出间谍一方的最大要害，那么要抓到人的这方放弃这种渴望，非常不容易。"

结城中校接着说：

——而这时候，正是你们逃脱的机会。

马克斯中校指示伊泽打电报送出假情报时，伊泽将他们备好的通讯文一字无误地打出。

但实际上，D机关的成员在打暗号电报时，都会以固定的比例打错字。若是一字无误地打出暗号电报，那这份电报意味着"我在敌区出事了"，也就是"我被捕了，请求救援"。当然了，学生被要求将这项D机关守则收在意识最深处，就算会被杀害，也无法问出。

他们早已事先设下几个联络地点，再从中选出两三处接近发出电报地点的联络处。在打出"我在敌区出事了"的电报后两个小时内，内应会备好汽车，在约好的场所等候。D机关成员虽然没有与内应见过面，但他们借由暗号识别彼此，之后马上便可做好出逃的准备。

反过来说，被逮捕的间谍得想办法靠自己的力量前往联络处。倘若迟到二十分钟以上，内应便会离开。这时就视为逃脱失败，永远失去被救出的机会。

所以伊泽在打出请求救援的电报后，立即行动，执行逃脱计划，然而……

（差点就失败了……）

伊泽深深叹了口气，如今回想，仍不免冷汗直流。当时……

伊泽完全落入马克斯中校设下的陷阱，被逼进了死胡同，最后他躲进一处画有奇怪符号的门内。他在暗处屏气敛息，脚步声朝他走近，眼前的房门被打开……

伊泽倒抽一口冷气，在他前方伸手可及的距离下，站着一名身穿军装、全副武装的男人。在逆光下，男人的黑影挡住唯一的出入口。伊泽暴露在走廊射进的亮光下，男人不可能没看到他。

但男人似乎完全没看到眼前的人影，旋即转头朝身后大声喊道："这个房间里没人！"之后关门离去。

同时，门外有人大喊："在前面！他逃到前面去了！"

接着一阵急促的脚步声迅速离去。

隔了一会儿，伊泽才微微打开门，往外窥探。

走廊已无半个人影。

他松了口气，这时，他发现刚才那名男人在门旁的架子上摆了一样东西。

是这栋建筑的平面图和一串钥匙。

平面图上以红色标示出设有警卫的地点。

伊泽拿起这两样东西，走向走廊，并回头确认门外。

门上的符号已被擦掉。

（潜伏的间谍吧……）

不会有错。若真是这样……

伊泽根据手中这份真正的平面图，迅速在脑中拟定逃脱路线。

潜伏间谍。

这与伪装身份、时时收集情报、分析情报的潜入间谍不同，他们平时完全不会进行间谍活动，只有在特定条件下，或是接受特别指令时，才会恢复间谍的身份。

结城中校在日本设立 D 机关的同时，也在英国培训潜伏间谍，而且他似乎还暗中将潜伏间谍送入英国情报机关的中枢。

对方平时可能是"女王陛下的忠诚士兵",只有在日本间谍被英国情报机关逮捕时,才会发挥潜伏间谍的功能。在日本间谍尝试逃脱时,暗中帮他们一把,这就是潜伏间谍扮演的角色,暗号则是……

伊泽躲在暗处,一面躲过警卫的防守,一面回想当初出发前往英国时,结城中校送他当饯别礼的那本书。

《鲁宾逊漂流记》。

书中有这么一段描述。

作者丹尼尔·笛福……也精通天文学和炼金术,并运用这些知识设计各种暗号。

用粉笔在门上画下的奇怪符号。

(♀)

果然是那名潜伏间谍所为。

圆圈加十字——常用来代表女性的这个符号,在炼金术中代表"美神"维纳斯。天文学中被称做"维纳斯"的金星,意指一星期中的"第六天"。

一星期中的第六天。

星期五[①]。

在南海孤岛上,解救鲁宾逊免于孤独的那名青年土著的名字。

结城中校送进英国情报机关的潜伏间谍,就是用这个暗号。

---

①在西方通常以"星期日"为一周的起始,因此第六天就是星期五。

结城中校并未事先告之前往英国的伊泽"星期五"的存在，不过，他送了伊泽《鲁宾逊漂流记》当做饯别礼。

只要不知道对方的存在，就算被捕，也不会供出对方。

为了保护潜伏间谍，这是最好的防范。

另一方面，只要送那本书当饯别礼，日后一旦出了状况，伊泽应该会自己解开谜题，遵照潜伏间谍的指示（门上的符号）找出活路。

一开始结城中校就已预见到了这一切。

（结城中校到底是信任我，还是不信任我？）

感觉还真是复杂。结城中校对伊泽并没有什么信不信任的问题，他只是将伊泽当做某种特别的存在罢了。证据是……

逃出那栋建筑的伊泽，确认警卫通过后，压低身子不让人发现，朝围墙奔去。

据真正的平面图所示，架设在围墙上的铁丝网，应该有一处已被剪断。

他跳上围墙，伸手搭向围墙上方，将身体往上撑。

有刺的铁丝以不显眼的方式被剪断了。他钻进当中的缝隙，跳向外头的大马路。

他立即起身，查探四周。

没事，没人发现。

他拂去上衣的泥巴，若无其事地迈步前行。

伊泽一面加快脚步朝联络处走去，一面忙碌地运用所有感官，努力思索。

——我疏忽了什么？

他再次回想结城中校的安排。

回溯到事情的开端，他不禁苦笑了起来。

伊泽被埋伏在照相馆里的人逮捕。当时他满心以为是之前碰面的那名情报提供者被人跟踪，自己因此被循线查获。

但在审问的过程中，他得知英国的情报机关甚至连那名情报提供者就在英国内政部的事也不知道。他们逮捕伊泽，是因为派驻伦敦的年轻外交官被英国的性间谍玩弄于股掌，在床上说出了伊泽的真实身份。

但这是不可能的事。

尽管在录音带里，那名外交官自己说出秘密，但D机关就算在陆军内部，也是独立性极高的特殊单位，即便是陆军参谋总部，也只有极少数人知道他们的存在。刚进外务省没几年的年轻外交官，不可能知道D机关派往英国的潜入间谍的真实身份。

——那名叫外村的菜鸟外交官，为什么知道伊泽的真实身份？

当他如此思忖时，猛然想起一件事。

那是决定派他到英国前的事⋯⋯

在伦敦上演了一出惨不忍睹的闹剧。

英国知道了某个与日本陆军在欧洲战略有关的机密。

调查后发现，派驻伦敦的日本外交官打国际电话时，从不用暗号，就直接以日语交谈。

陆军马上对外务省提出严重抗议。

"至少在谈论军方机密事项时，应该使用暗号。此外，国际电话全部都会被窃听，交谈时请格外注意。"

但外务省却只是很冷淡地回复一句：

"神国日本的语言特殊，英美那班人不可能懂。此外，英国身为绅士之国，我们不认为他们会窃听外交官的电话。该项机密外泄，并非我们的过错。"

结果他们完全不承认自己应负的责任。

话说回来，外交官理应有另一个身份，那就是双方彼此认同的"合法间谍"。从眼前的情况来看，只能说他们欠缺起码的戒备。

之后每次发生泄密事件，陆军都会提出抗议，但他们无法就事件的责任加以证明，所以实际上，外务省也持续无视陆军提出的抗议。然而，此次这件事……

由于外交官一时不慎泄露情报，使得陆军一名间谍被捕，差点丧命。

显然外务省必须为此事负责。

只要暗示会将他们此次的疏失公诸于世，那群冥顽不灵的外务省官员非得让步不可。同时，既然已得知日本的暗号被英国破解，先前要引进那套技术完备、却因"操作麻烦"被删除预算的新型电报密码机，这次肯定可以被通过。

——这才是真正的目的。

不过，伊泽不认为陆军参谋总部那群死脑筋的人，写得出这么复杂的剧本。

想必是陆军参谋总部看外务省的人行为一再失当，深感头疼，想硬将这个责任塞给陆军视为烫手山芋的D机关，也就是结城中校，要求他处理这个麻烦。

还是说，针对最近一再有泄密事件发生，结城中校有股深刻的危机感，所以送了个人情给参谋总部，由他提出这项建议？

不管怎样，结城中校此次命令伊泽执行的任务，只是用来掩饰原本用意的一个幌子。

结城中校一方面派伊泽前往英国当潜入间谍，另一方面偷偷向日本驻英的年轻外交官散播伊泽的情报。当然了，结城中校早料到他会在床上向英国的性间谍道出此事，伊泽也会因此遭到逮捕……

伊泽的任务是结城中校一开始就设计好的闹剧。

第一次听到那名年轻外交官愚蠢的录音时，伊泽马上就发现了这点。所以他才会在被注射自白剂失去意识的状态下，无意识地说出"我被结城中校出卖了"、"结城中校出卖了我"。多亏这样，马克斯中校才会放松戒心，一时不慎，让伊泽打了那份"求救电报"。

伊泽被捕后，会在自白剂的影响下脱口说出什么话，以及他说的话所带来的影响，全都在结城中校的算计中。

（真是个惊人的怪物……不，不愧是魔王。）

伊泽坐在行驶中的车子中，闭着眼睛，努力与睡意相抗的同时，脑中浮现结城中校那幽暗的眼神。

在歌德的诗句中，魔王以花言巧语夺走孩童的灵魂。而他的亲生父亲不管怎么极力挽留，仍旧枉然。那肯定是厉害无比的甜言蜜语。

（我们的魔王，下次会用什么花言巧语来夺走我的灵魂？）

他闭着眼，泛起苦笑。接下来……

应该会雇一艘小船，渡海前往欧洲大陆，在那里接下结城中校下达的新指令吧……

对了，鲁宾逊的冒险故事好像有续集。

（这次会去哪儿？）

当他回过神来，已能听见远方传来的浪声。

海岸已近在眼前，有艘开往欧洲大陆的小船在岸边等候。

——在那之前……先让我小睡一会儿吧。

伊泽嘴角泛着苦笑，陷入短暂的睡梦中。

魔都①

①魔都是二十世纪二三十年代日本人对上海的习惯称呼,最早见于日本作家村树梢风的畅销作品《魔都》中。

1

明明才早上九点，但房内的空气却像黏在身上似的，酷热难当。装在天花板上的巨大风扇，只是在搅动一团闷热的空气凝固体。

宪兵中士木间英司腋下夹着宪兵帽，立正站好，他黝黑的脸上从刚才起就直冒汗珠。

他被派往上海已三个月，至今仍不习惯这样的酷热天气。

不，他不习惯的，并非只是迥然不同的气候，那油腻的古怪菜肴、动不动就遮蔽视线的人潮、熏人的体臭、可怕的鸦片窟，以及夜里在街上拉人衣袖，看不出人种、国籍和年龄的众多女人，本间到现在都还是无法习惯。

"要两年的时间。"前任在完成正式的交接工作后，笑嘻嘻地对本间说道，"身体要习惯这里的气候和食物，牢记租界社会的复杂规矩，有办法和苦力、车夫，以及夜里的那些来路不明的女人交谈，至少得花两年的时间。在那之前……你就慢慢适应吧。"

——在这种非常时期，他竟然说得这么轻松？

当时他眯起眼睛望向对方那同样黝黑的脸，心里无比愤慨，但对方的建议似乎一语中的。

坦白说，此刻的本间心里很不安，就算再花上两三年，他也不确定自己是否真的能适应这块土地。相比之下……

本间将视线移向坐在办公桌对面的宪兵上尉及川政幸，心中暗暗咋舌——他居然和平时一样。

及川上尉让本间在一旁等候，自己则是忙着翻阅今天一早从陆军大本营用船运来的文件资料，但令人吃惊的是，他额头上一滴汗也没有。

以军人来说，及川上尉算是体形瘦弱，他鼻梁挺直、脸形瘦长、模样斯文，光看他那宛如学者般的冷漠眼神和白皙冷峻的面容，实在教人很难相信他已在上海生活多年。

及川上尉受命担任上海治安最差的沪西地区分队长，至今已快满五年了。在他任职期间，日本与中国在上海发生了激烈的军事冲突。目的在于维护军纪、收集当地情报、保护当地日本人的上海宪兵队，特别是沪西地区分队，日常工作极为繁忙。及川上尉处在这种艰难的状况下，率领一小队部属，却始终沉着冷静，成功执行了各种任务。

陆军参谋总部对及川上尉在上海的工作表现给予了很高的评价，听说他调回日本时，除了会高升，也已确定要和陆军中将横泽的千金完婚。

——羡慕人家也没用。

本间暗自叹息。不过，他指的是及川上尉面对上海的酷热，却连一滴汗也没流这件事。至于与陆军中将的千金结婚这种幸运的事，对本间来说，就像另一个世界一样遥不可及。

及川上尉从文件中抬起头，朝挂在墙上的时钟瞄了一眼后，开口道：

"不好意思，让你久等了。"

"不，没关系。"本间立正应道，"不知您找我有何吩咐？"

"吩咐？"

"今日我是奉及川上尉的命令前来。"

"也是。"及川上尉微微苦笑，"你不必那么紧张。我不是要吩咐你什么……你到上海就任，已快满三个月了，习惯了吗？"

"习惯……一些了。"

"这边的语言学得怎样？"

"我正在努力学习。"

"努力学习吗？"及川上尉似乎觉得本间的回答有点好笑，微微一笑，又接着问道，"你学了哪种方言？"

"苏州话，江北话，还有宁波话。"

"那英语呢？"

"我最擅长英语。"

"是吗？"及川上尉满意地点了点头。本间见状，也松了口气。

坦白说，本间来到上海后，最头疼的就是语言问题。

其实这里根本就不存在所谓的上海话。

在上海，富裕的中国人说北京话，商人说宁波话，被称做"阿妈"的帮佣和女仆人说苏州话，至于车夫和苦力之间则是说江北话，彼此有很大的差异。而且上海租界涌入了世界各国国民，当中夹杂着他们所使用的外语。因此，在商人、车夫、苦力的方言中，当然也以奇怪的使用方式混进了在上海最具经济实力的英国人所用的语言——英语，使得情况更加复杂。

派遣到上海的宪兵第一个碰到的问题就是语言。事实上，本间来到上海的这三个月，精力可说是全花在学习各种语言上。

不过多亏这段时间的苦练，最近他就算独自在上海街头行走，也不会有任何不便。

听说有些宪兵因为语言能力始终不见提升，而被遣返回日本。

——上尉今天叫我来，难道是为了判定我的语言能力？

正当他觉得一早突然被叫来的谜题已经解开时，只见及川上尉双肘靠在办公桌上，十指交叉。本间看到他此刻的眼神，原本正要放松的背脊再度挺直。

……看来，接下来才要进入正题。

"我要你执行一项机密任务。"

果然不出所料，及川上尉低声道出其用意。但接下来的内容，却远远超乎本间的预料。

"派遣上海的宪兵队中有内奸，你把那个人找出来。"

及川上尉以冷峻的口吻命令本间。

本间一时愕然，过了一会儿才回过神来。

"为什么是我？我来上海才三个月。为什么指派我……"

"正是因为你才来了三个月。"

"咦？"

"根据目前的调查，至少三个月前就开始有情报泄漏了。也就是说，三个月前才来到上海的你，不可能是嫌犯。"

本间明白他话中的含意了。

内奸，背叛者，戴着同伴面具的敌人是窝藏在组织内进行破坏的害虫。

若不能找出嫌犯，同伴之间就会猜忌，组织不久便会分崩离析。不过，负责维护军队内部秩序的宪兵队，又不能请外部的人进行调查；另一方面，只要不清楚谁是嫌犯，也无法由内部的人展开调查。

真是进退两难。

在这种情况下，三个月前才刚到上海就任的本间，便算是"内部的外部人士"。和他同时期到上海就任的还有其他人，但之所以选中本间，可能是看上他在国内担任过"特高①"吧。不过……

及川上尉刚才提到了"根据目前的调查"这句话——明明已经有人展开调查，为什么现在又把这项工作丢给我？

及川上尉像是看穿了本间的心思，开口道：

"之前秘密调查这件事的人，是宪兵伍长宫田伸照。"

本间差点不由自主地叫出声来。

三天前，宪兵伍长宫田伸照在沪西地区巡逻时，背后突然挨了一枪，后来被人发现他倒卧血泊中的尸体。沪西地区马上被封锁，上海宪兵队持续展开严密的调查，但至今仍未找出凶手。

不，不只是宫田伍长的事。

最近在上海，不分昼夜，频频发生以日本人以及协助日本的中国人为目标的恐怖事件。连日来，不断出现亲日派的中国人、日本军方相关人员等，大白天走在路上遭受袭击的案件。而就在宫田伍长遭射杀的同一天，有人在日本人聚集的虹口区电影院装设炸弹，造成多人伤亡。在昨天，当着沪西地区宪兵队员的面，一栋有多家日本企业进驻的大楼，遭到数发迫击炮的射击，大楼因此崩塌，事态严重，令人震惊。

---

① 即特别高等警察课，是日本战前的秘密警察组织，以"维持治安"的名义，镇压一切反对政府统治的思想和活动。

直到现在，本间仍认为宫田伍长遭人枪杀的事件是中国抗日组织所为，但如果宫田伍长当时正在调查宪兵队内部的背叛者，那就必须以另一个角度思考这件事。

本间抬起头，吞了口唾沫后问道：

"有哪些人知道这件事？"

"只有你、我，还有总队长三人。"

及川上尉若无其事地说道。他话中的含意是……

"这是你单独执行的任务"，以及"既然你知道了，就不能推辞"。

"这是宫田伍长的报告书。"

及川上尉再次朝墙上的时钟瞄了一眼，从办公桌抽屉里取出一份卷宗，封面用红字写着斗大的"极机密"。

本间做好心理准备，向前踏出一步，想拿起卷宗。

就在这时，传来一声巨响，同时脚下一阵摇晃。

本间向前扑倒，伏卧在地。

——是迫击炮。

这个词马上在本间脑中浮现，大楼崩毁的模样从他脑中掠过。

他低着头，全身紧绷，准备承受第二发炮击。然而……

"本间中士，你在干什么！"

及川上尉高亢的声音钻入耳中。

本间猛然一惊，抬起头来，发现及川上尉已面向窗外。

这间办公室位于五楼。

越过及川上尉的肩膀，他看见窗外升起一道黑烟。

"快确认详细的地点！"

及川上尉厉声下令，拿起靠在窗边的一只双筒望远镜，抛给本间。

本间慌张地站起身，接过望远镜，来到及川上尉身旁。

他拿起望远镜贴在脸上。

双手颤抖，无法对焦。

——可恶……

本间低吼着。

恐惧仍在心中挥之不去，他对自己无法马上展开行动的怯懦感到羞愧，他知道自己此刻满脸通红。只有今天他才庆幸自己皮肤黝黑，不会被人看出脸红。

炮击地点是黄浦江对岸的联合租界，似乎已经起火，黑烟底下红色火焰在闪动。

"……糟了。"

及川上尉的低语声传进本间耳中。

本间察觉到他的语气有异，因而放下望远镜，偷偷窥望身旁的及川上尉。

"那是……我家。"

及川上尉的脸抵着望远镜，一脸惨然。

2

本间等人抵达现场时，浓烟和大火已经平息，但取而代之的是黑压压的人潮。人种、服装、语言皆不同的众多围观者，将爆炸现场挤得水泄不通，人们大声讨论，吵得人头疼。要不是有头上缠着头巾、肤色黝黑的印度警察在现场监视，他们肯定会走进爆炸现场，将屋内还能使用的东西（或是已完全不能用的东西）拿走。

——明明炸弹才爆炸，这些家伙难道不怕吗？

本间拨开看热闹的人群，一面走向现场，一面大感惊异。

他向受雇于租界工部局[①]的印度警察出示身份证后，走入事发现场。

本间望了一眼爆炸现场，蹙起眉头。

——惨不忍睹……

历经爆炸和之后的火灾，及川上尉的家几乎被付诸一炬。

现场附近的路面上铺着草席，上头摆了几具尸体。

每具尸体不是被炸飞了手脚，就是被烧得焦黑，死状凄惨。

和本间一起赶至现场的及川上尉，单膝跪地，默默调查这些死者。本间走近后，他朝一名看似老太太的尸体努了努下巴，一脸遗憾地说道：

"……她是固定到我家帮佣的阿妈。"

"其他人呢？"

回头一看，一名头戴软呢帽的中年白人，嘴角以令人不悦的角度叼着根烟，站在一旁。

本间因逆光而眯起眼睛，接着他才察觉这名发问人的身份，心中略感意外。

他是詹姆斯探长，维护联合租界治安的租界警务处的指挥官。

在各国权力错综复杂的上海租界里，就算发生与日本人有关的犯罪案件，日本的宪兵队也没有调查权。联合租界内发生的一切事件，都是由租界工部局组成的租界警务处负责调查。就这

[①] 即上海公共租界工部局（1854—1943），上海租界的自治机构，拥有自己的政经和司法体系，相当于租界的政府。

层意义来说，詹姆斯探长出现在案件现场，没什么好大惊小怪的。不过……

租界警务处号称是由当地的中国人、英国人、美国人、印度人、俄国人，以及日本人所组成的多国籍组织，但事实上，历任的警务处长都由英国人独占，由此可以看出，这始终都是代表英国权利的组织。

特别是"七七事变"爆发后，英国为了确保其在上海租界的利益，对在重庆的中国国民政府抱以同情，使得租界警务处对于调查和应对在上海频发的抗日活动相当消极。

前些日子，驻留上海的日本海军一等水兵在租界遭人杀害一事发生时，租界警务处打从一开始便不积极进行调查。非但如此，甚至还对外表示"这起事件是日本军人之间感情纠纷引发的私斗"，想借此压下这起事件。

至于对抗日活动的调查，也总是在日方的一再催促下，才心不甘情不愿地有所动作。

而今天，爆炸事件明明才刚发生，日方理应尚未提出正式的调查委托，为什么詹姆斯探长这么快就来到现场？

本间诧异地皱起眉头。詹姆斯却无视他，反复询问及川上尉：

"其他人呢？有没有你认得的人？"

"这个嘛……因为死状太凄惨，我也不是很肯定……"及川上尉再次低头望向地面，逐一指着尸体说道，"这两个人应该是平时坐在我家前面的两名乞丐……而这个应该是附近黄包车的车夫……总是在我家门前等我出门，嚷着要我坐他的车，很烦人……不，我不知道他的名字……这个女人……我看到过她在马路对面卖菜。至于这孩子，真可怜，他是邻居的孩子，常在我家后面玩。

其他人我就认不出来了。可能是刚好路过，运气不好，被卷入爆炸吧。"

"原来如此。"

詹姆斯探长听着及川上尉的说明，频频点头，从口袋里取出笔记本，在里头写了些字。接着他合上笔记本，在排成一列的尸体前走了几步后，突然停步，以脚尖轻戳着其中一具尸体说道：

"这家伙最可疑。"

"这名乞丐？你的意思是，他是炸弹恐怖事件的嫌疑犯？"

"炸弹？不，怎么可能！这家伙应该是在烧柴火，结果造成堆在墙边的油漆罐爆炸。"

詹姆斯探长耸着肩说道，接着一脚将火灾现场散落一地的焦黑油漆罐踢飞。

——这场爆炸是油漆罐造成的？

一直静静聆听的本间忍不住从旁插嘴：

"怎么可能！别开玩笑了。谁看了都知道，这次的事件是针对及川上尉的恐怖事件。你与其在这里说这种无聊的玩笑话，不如早点去逮捕嫌犯吧。"

"别说了，本间中士。"

及川上尉压低声音制止了本间。

"可是上尉……"

"没用的，因为他们根本就没有要调查这起案件的打算。"

——没有要调查的打算？这怎么可能……

本间愣了一下，但他旋即发现及川话中的含意，咬紧牙关。

这么严重的爆炸，还死了不少人，就算是租界警务处，也不可能对这次的爆炸事件视而不见。既然这样，干脆在日方催促前，先前往了解整起事件，掌握调查方向。

詹姆斯探长一定是这么想的，所以才会这么迅速地赶到现场。

这样看来，租界警务处完全没有取缔抗日活动，或是逮捕恐怖分子的意思。想要保护自己不受抗日活动的伤害，只能自行调查，逮捕嫌犯。可是……

本间环视在爆炸现场围观的人群，为之一怔。

那是无数张陌生的脸……

策划恐怖事件的人并不会穿着军装展开攻击。他们平时神色自若地混在人群里，一旦见我方有机可乘，就会突然拿着枪和炸弹来袭。

这些人不是正规军，被称为"便衣队"，令住在上海的日本人胆颤心惊。

炸弹客只要藏身在人海中，就几乎不可能找出他来。

事实上，此时也陆续有上海宪兵队员赶至现场展开调查，但他们的人数与围观的人群相比，实在少得可怜。而且刚才及川上尉还说，在为数不多的我方人员中，还藏着背叛者……

——光靠上海宪兵队就能与抗日分子对抗吗？

本间绝望地环视四周，蓦地停住目光。

一名身形伟岸的男人站在摆放尸体的草席旁。

是宪兵队上等兵吉野丰。

本间的官级在他之上，但他比本间更早来到上海，应该快满两年了。

他是乡下人出身，外形粗犷，皮肤比本间还要黝黑。因为气候的缘故，上海宪兵队成员大多不戴帽子，但只有他与众不同，和在日本一样，整天都戴着帽子。听说吉野上等兵之所以终日戴着宪兵帽，是因为他很在意自己的秃头。

吉野上等兵呆立着，连本间走近也浑然未觉，目不转睛地凝视着草席上的一具尸体。

"吉野上等兵，你怎么了？"

本间出声叫他，吉野惊讶地抬起头来。他那黝黑的脸看上去显得莫名地苍白。

"你认识这名死者吗？"

面对本间的询问，吉野上等兵神色慌张地摇头。

"不，不是这样。我不可能认识这个人。"

吉野上等兵简短地回了这么一句后，补上一句"请恕我先行告退"，很刻意地举手敬礼。本间还来不及细问，他已转身离去。

本间走向吉野上等兵离开的地方，望了一眼后者方才注视的那具尸体。在爆炸的冲击下，此人的手脚扭曲成奇怪的角度，衣服被烧焦，所以无法肯定，但应该是名中国少年，约十五六岁，或许还更年轻……

本间低头俯视尸体，侧头寻思。

少年的脸沾满煤灰，烧伤非常严重。就算是熟人，恐怕也很难一眼就认出他。

——不，等等。

本间单膝跪地，伸指碰触尸体。果然没错。起初以为只是煤灰，但尸体的胸口一带有个形状像蝴蝶展翅的胎记。吉野上等兵可能是看到这个特征明显的胎记，而猜出尸体的身份。可是……

这只是单纯的偶然吗？还是说，这名少年与此次的恐怖事件有关？

正当他犹豫该不该将离去的吉野上等兵唤回时，有人在背后叫他。

"本间中士！"

他回过身，那粗犷浑浊的声音属于上海宪兵队总队长涌井光毅。及川上尉站在他背后。

本间举手敬礼，涌井总队长睁大双眼望着他。

"本间中士，听说爆炸时你和及川分队长一起，是吗？"

"是的。"

"那你应该知道吧？这摆明是向我们上海宪兵队挑衅。你协助及川上尉着手调查此事。对了，要先找出炸弹的出处。"

"是。今后我将全力投入调查工作，找出此次事件的炸弹出处。"

"嗯，看你的了。"

涌井总队长威严十足地点了点头，带着及川上尉离开现场。

从本间面前经过时，及川上尉朝他望了一眼，露出同情的表情。

本间一路目送到再也看不到总队长的背影后，这才解除敬礼姿势，无奈地叹了口气。

——竟然要我调查炸弹的出处。

他来到上海已经三个月了。这段时间他学到一件事。在这里，只要有钱，在黑市里要买多少炸弹都不成问题。无论卖方还是买方，对炸弹的用途根本毫不在意。要在这里找出炸弹的出处，就像在海边捡到钮扣，而要找出失主一样。

——不，不只是炸弹。

在这里只要有钱，什么都买得到。而在上海，最便宜的就要算人命了。

3

第二天，本间接受了一名意外人物的访问。

> 上海日日新闻
> 记者盐冢朔

看到办事员送来的名片，本间感到很纳闷。

他应该不认识什么记者才对，名片背后用潦草的铅笔字写了一句话。

——之前承蒙关照。

我看他是故弄玄虚——本间这么想。本想将对方赶走，但他突然心念一转，决定姑且见对方一面。

在办事员的引领下走进上海宪兵队事务所的人，是名身材修长、顶着一头长发、略带脂粉味的俊美男人。男人在办公室的入口处不安地左右张望，一看到本间，马上露出松了口气的表情，向他走近。

"您好，好久不见了。因为昨天在联合租界碰巧看见您，所以才……"

男人脸上泛着卑微的笑容，频频点头鞠躬。本间望着他，这才想起对方的身份。

本间来到上海前，曾经担任过一阵子特高刑警。

所谓的特别高等警察，通称"特高"，是为了取缔国内的反体制活动，在警察内部设置的一种"思想警察"。

他们的目标主要是左翼分子,即所谓的"激进分子"。本间担任特高时,逮捕了许多思想犯,盐冢朔也是其中之一。

当时盐冢是东京帝国大学的学生,被视为左翼分子。

盐冢是因为非常普遍的原因被逮捕的——他偷偷阅读左翼杂志之类的禁书。

在当时遭逮捕的左翼学生当中,有人相当顽固,令本间为之咋舌;但盐冢被逮捕后,马上面如白蜡,浑身发抖,立刻改变了立场。在他被逮捕的短短两天后,他写下一份声明书,声明"今后将不再与左翼思想有任何关联",之后便获得释放。对盐冢来说,左翼思想就像流行服装一样,不是什么少不得的东西,不值得他用肉体和精神的痛苦来换取。

当时负责审问盐冢的人正是本间。

由于此事过于无趣,本间早已忘了,但从盐冢特别前来拜访一事看来,对他而言,那或许不是一件小事。

盐冢被带往接待室,看着款待他的日本茶,显得相当局促不安。

"您是什么时候来上海的?早知道您到上海来,只要跟我说一声,我就能带您四处走走逛逛……"盐冢讨好似的说道。

本间苦笑着问他:

"你又是什么时候到上海来的?上海日日新闻的记者?从那之后,你应该是真的洗心革面,认真工作,对吧?该不会在这里又被不好的思想影响了吧……"

"绝无此事!我真的很认真,认真得不能再认真了。"

盐冢神色慌张地摆手否认。

"如果您怀疑我说谎,请看我写的报道,里面没有一字一句是对日军不利的言论。"

本间低头朝盐冢递出的报纸瞄了一眼，旋即抬起头问：

"那么，你今天找我有什么事？总不会是来找我叙旧的吧？"

"被您看出来了。"

盐冢耸了耸肩，故意做出挠头的动作。

"是这样的，我想向您打听一下昨天的事件……那场恐怖事件，是针对及川分队长的吗？"

看他迅速取出笔记本和钢笔的模样，看来，他说自己工作很认真并非虚言。

本间考虑了片刻后，决定告诉盐冢目前的调查情况。

"我们已经逮捕数名与这起事件有关的中国嫌犯，目前正在审问。视情况而定，也许会采取略微粗暴的调查方式，他们早晚会招认。只要他们坦承罪行，近日就会公布结果。"

"原来如此。'嫌犯已遭逮捕'、'目前正在侦讯中'，还有'近日就会公布结果'……"盐冢一面记笔记，一面猛地抬头道，"炸弹的出处呢？"

"正在全力调查。"

"正在全力调查……"

盐冢合上笔记。

"这样我明白了，报道只要照这个方向写就行了，对吧？"

——这家伙……

本间嘴角轻扬。

坦白说，调查根本没半点进展。别说是炸弹的出处了，就连嫌犯是谁也毫无头绪，但这种事绝不能出现在新闻报道里。新闻报道得提到抗日活动的嫌犯一定会被判刑，倘若不这么做，居住在上海的日本人便无法安心度日。就算是不实的报道，为了让居住在上海的国人能过得安稳，也只能请新闻机构协助配合了。

"谢谢您的接见，今后还请多多帮忙。"

盐冢道完谢，站起身，正准备步出接待室时，似乎突然想起某件事，回身望向本间。

"对了，因为您对我多方关照，我就提供给您一个情报当做回礼吧。"

"情报……什么情报？"

"我想总队长应该还不知道这件事情才对。"

盐冢如此说道，再度坐回沙发，凑向本间。

"是这样的，我到爆炸现场采访时，偶然发现一位意外的人物……"

盐冢压低声音，神秘兮兮地说出一段让人摸不着头脑的话来。

昨天盐冢到爆炸现场采访时，从围观的人群中发现一张熟悉的脸。

他马上想起此人是谁。

草薙行仁，是他帝大时代的同学。

尽管他身穿当地人的服装，但盐冢不可能看错昔日同窗的模样。盐冢感到无比怀念，所以走近对方想打声招呼。但草薙一发现他，便立刻转身消失在人群中。

盐冢挤进围观的人群中，在人群推挤下，四处找寻友人的踪影，但始终一无所获。

——草薙看到我这个老同学，为什么急着逃跑？

盐冢先是感到不解，这才想起某个和草薙有关的传闻。

那是前些日子，盐冢回日本时的事。一名帝大时代的同窗邀他一起喝酒。

那是在陆军省主计课任职的朋友，平时少言寡语，但有个毛病，那就是几杯黄汤下肚后，便话多起来。两人久别重逢，畅谈往事，待酒酣耳热后，那名友人突然道出此事。他说，最近陆军内部出现一个奇特的秘密组织。那组织无论要求多么庞大预算，陆军总是全部无条件支出，而且用途为何，一概不会上报。每次主计课都得为了作账而奔忙，哪有人那样花钱的……

那名友人醉醺醺地大发牢骚，接着摇了摇头，抬起脸，眼神迷蒙地望着盐冢。就在那时，他说出了某个名字。

——草薙行仁好像就在那个陆军秘密组织内。

在陆军省主计课任职的友人，一时说漏了嘴，说出这项秘密。

对盐冢而言，草薙行仁是他从帝大时代起，便一直无法忽视的人。草薙聪明过人，另一方面，草薙从不交朋友，总是喜欢独来独往，充满神秘色彩。他有着一张白皙、冷峻、宛如能剧面具般的脸。当他走在校园内时，周遭的温度仿佛会降低一两度。

没人知道草薙是在什么样的家庭中长大的。有人得意洋洋地说"他是某个大人物在外头和艺伎的私生子"，但此事真伪难辨。

听说他以优异的成绩自帝大毕业后，到外国某所大学留学去了……

——草薙行仁是陆军秘密组织的一员？

盐冢一开始也没当真。向来不和人往来的草薙，会主动投入对人际关系有很高要求的陆军，实在教人难以置信。

他说出自己的感想后，陆军省主计课的朋友再次摇了摇头。

"不是。"环视四周后，他就像在说什么秘密似的悄声说了下面的话。

盐冢闻言，这才使劲往膝盖上一拍。这么一来他就懂了。

那名喝醉的友人悄声对他说：

——草薙待的单位，是间谍培训机关。

"你的意思是……"听完盐冢的说明后，本间略显不耐烦地开口说道，"你大学时代的朋友草薙行仁，此时以陆军间谍的身份潜入上海……没错吧？"

"不愧是本间先生，一点就通。如何？这情报有点价值吧？"

"不过，这项情报有几个疑点。"

"疑点？"

"我没听说过最近陆军内部设立间谍培训机关的事。"

"这也难怪，因为那是高度机密的组织。"

"如果真的是机密，那么，你那位在陆军省主计课任职的友人告诉你这件事，也太奇怪了吧？"

"那是因为我和他是帝大时代的同窗啊。跟别人不能说的事，也会对我说……就是这样啊。"盐冢嬉皮笑脸地应道。

本间望着他那平坦的五官，不禁蹙眉。

知识分子之间这种莫名其妙的亲近感，过去让本间吃过不少苦头。

"东京帝国大学毕业"，这句话在他们这群人当中，有着魔法咒语般的功能，不管什么门都打得开。就这层意义来看，或许真如盐冢所言。不过……

"在上海的情报活动，有一部分是由我们上海宪兵队负责。就算陆军设立了极机密的间谍培训机关，而且已经送出很多间谍，他们还是不可能在上海活动的。"本间信心十足地说道。

盐冢闻言，一脸错愕地说道：

"……您是认真的吗？"

本间颔首，盐冢见状，眨了眨眼，叹了口气道：

"本间先生，您听好了。间谍原本就是秘密行动，派遣上海的宪兵队根本就是在大门前高挂广告牌。光明正大地进行活动，实在很难称得上是间谍。"

"话是这样没错……"

"当然了，我知道上海宪兵队的队员不时会在街上微服出巡，从当地人口中收集情报，但这件事连我们都知道。您的英语和中文应该都很不错，或许与人沟通无碍。但在上海人耳中，还是一听就知道您是外国人。讲明白一点，只要看你对中国服装的穿脱方式，就马上知道您不是本地人。在上海居住多年的宪兵队员当中，有人以为自己已和当地人没有两样，独自在街上行走。但我们在一旁看了，着实替他捏了一把冷汗，只有当事人自己浑然未觉。举例来说吧，光是看洗脸的方式，就已完全穿帮了。"

"洗脸的方式……"

"日本人不是都这样洗脸吗？"盐冢双手并拢，在面前上下摆动，"这里的人是这样洗。"这次他改为双手并拢，脸部上下摆动。

本间微微蹙眉，耸肩说道：

"谢谢你告诉我。"

"不客气。"

"陆军内部真的有你那位朋友所属的秘密组织吗？"

"D机关。"

"咦？"

"陆军内部称那个秘密组织为D机关。"

"这样啊。"

本间颔首,他发现自己在不知不觉间,已完全被对方牵着走,不禁露出苦笑。他略微改变口吻问道:

"那么,那个叫 D 机关的组织,到底打算在上海做些什么?"

4

盐冢离去后,本间独自一人留在接待室。他前方的桌上,摆着一张照片。

照片是盐冢离开时突然想到,从公文包里取出摆在桌上的。

"这是我们帝大时代的集体照……草薙在这里。这张照片我留在这里给您当参考。"

盐冢一面说,一面指着照片右后方一名身穿学生制服的青年。

此人的长相相当端正。"有一张白皙、冷峻、宛如能剧面具般的脸"——刚才盐冢如此形容,确实没错。不过,本间从照片看草薙行仁,得到的却是另一种更为奇特的印象。

草薙虽然是正面拍照,但给人的印象却像是斜对着镜头。虽是集体照,但看起来却像在给他拍个人照。

本间蓦然想起,他在特高时代,也曾经从几名嫌犯身上感受到类似的印象。

不是激进分子。

本间在特高时代逮捕了许多激进分子,尽管程度上有差异,但一定都可以从他们眼中看出狂热之情。但草薙行仁那细长的双眼,只映照出虚无。这表示……

这个男人除了自己以外,什么都不相信。

本间如此判断，心中颇感不悦。

若真是如此，那可就棘手了。这些人为了证明"这么点小事，我应该办得到"或是"这么点小事，我当然办得到"，无论再困难的工作，都能面不改色地放手一搏。根据盐冢所言，在陆军内部秘密设立的间谍培训机关里，全是这样的人……

本间双臂交叉在胸前，思索刚才从盐冢口中听到的消息。

"D机关那班人好像将仿造得几可乱真的伪钞带进上海，金额高达二十五亿元，打算让它们流通到中国各地。"

刚才盐冢回答本间的提问时，装模作样地左右张望，然后把脸凑近，压低声音如此说道。

——二十五亿元？

乍听此事，本间的嘴巴张得老大。

这笔庞大的金额相当于"七七事变"爆发时，中国方面三年的军费。倘若如此大量的假钞真的流入中国各地，中国马上便会面临通货膨胀，经济将就此瓦解。

非但如此，一旦二十五亿元假钞流入市面，中国的货币将失去信用。最后他们将无法从国外购买武器和原材料，因而无法打仗。然而……"不战而屈人之兵"说起来好听，但这种偷鸡摸狗的作战方式一旦公诸于世，不仅是军方的强硬派，就连国内舆论也会痛骂这是"卑鄙的行径"——这是不可避免的结果。

而且，为了执行伪钞作战计划，据说D机关的人还与中国青帮联手。

青帮，也写作"清帮"，是中国国内的秘密民间组织，与国家权力无关。虽然规模不同，但它与日本的黑社会有些类似。中国自古便存在着许多民间秘密组织，其中，以扬子江沿岸及上海作为根据地的青帮，号称是中国史上最强大的民间秘密帮派，现今掌握着中国各地的地下经济。

他们主要的收入来源是鸦片。

昔日，英国为了修正他们与中国的单边贸易，强行将鸦片输入中国，其造成的毒害，如今已遍及中国各地。特别是上海，到处充斥着染上鸦片毒瘾的人。

不吃三餐，瘦得皮包骨，没半点人的自尊，一味沉溺在鸦片中。每次本间看到那群染上毒瘾的人聚集在鸦片窟里，总会感到全身发毛，说不出的厌恶。而卖鸦片给民众借此赚取暴利的，正是青帮。

——和这种人联手四处散播伪钞，有什么意义？

本间感觉就像被火烧似的烦躁不安。

话说回来，这场战争原本应该是为了解救深受欧洲列强欺压的亚洲百姓才对，从什么时候变成了这样……

——D机关？

本间再次朝桌上的照片瞄了一眼，喃喃自语。

照片里的草薙行仁，看起来就像瞧不起这世界一样，在嘲笑着一切。

陆军里的大人物找来这些人，到底想干什么？

本间望着照片，脑中联想到几个词。

恶灵（daemon）。

恶魔（devil）。

危险（dangerous）。

黑暗（darkness）。

每个词的开头字母都是D，难道D机关的意思是……

本间猛然回过神，露出苦笑。

——这也太蠢了，我到底在想什么啊？

不知何时，周围已陷入一片黑暗。本间摇了摇头，长叹一声，从沙发上站起身。

5

夜里的上海，与白天的样貌迥异。

南国耀眼的阳光在西边消失的同时，街上亮起灿烂夺目的五彩霓虹，照亮了大路。街上的行人随手推开紧黏在一旁的乞丐，与身旁的人朗声谈笑。来路不明的小贩兜售着诡异的照片和地方名产，紧缠着路人，在人们耳边悄声低语，没人知道他们究竟在卖些什么。热闹的程度犹胜白天。到处都有年轻女人穿着美丽的带着刺绣的旗袍，紧紧包覆着纤纤柳腰，站在一旁，朝路人投以别有含意的眼神……

本间走在横贯联合租界的南京路上，一如平时，对这条街那无视一切的生命力感到无比惊异。只要置身于这样的喧闹中，便觉得此时正在中国各地进行的战争，还有连日来在上海发生的恐怖事件，仿佛都不存在。

本间拨开人潮往前走去。蓦地，有个人影从岔路旁走出，差点与他撞个满怀。

"对不起。"

本间急忙避开，与对方擦身而过后，他猛然一惊，停下脚步。

——刚才那个男人……

虽然此人身穿中国服装，但本间在特高时代训练出的眼力告诉他，此人就是照片里的那名青年，草薙行仁。

本间马上转身,紧跟在对方身后。

在人群中跟踪,只要小心别跟丢即可,就算距离很近,也不易被对方察觉,这样反而容易跟踪。

本间与对方保持几步的距离,一路尾随。草薙似乎完全没察觉有人在跟踪自己。只见他挤开人群一路前行,几乎目不斜视。他沿着南京路走了半响,来到两栋建筑间的窄路。

本间停下脚步,慢慢数到三之后,冲进同一条窄路里。

那是一处石板地的巷弄,霓虹灯的亮光照不进这里。他定睛凝视暗处,发现有几个身穿破衣的黑影人。从他们面前走过的黑影,应该是草薙的背影。

走进巷弄里,一股熏人的鸦片味以及食物发酸的臭味扑面而来。有人突然从暗处一把抱住他,那是人称"野鸡"的下等妓女。本间一把推开女人,继续前行。背后传来低俗的骂声,但本间抛出一些零钱后,对方便马上安静了。他回头一看,隐约可以看见那名弯腰捡钱的女人身旁,有个牙齿全都掉光、看起来像妖怪般的老太婆,正无声地窃笑着。

本间穿过幽暗的巷弄,再次来到霓虹耀眼的大路上。

他环视左右,从人潮中发现了草薙的背影。后者还是一样目不斜视,快步行走。

草薙走进一座霓虹特别闪亮的建筑内。本间抬头仰望那鲜艳的霓虹广告牌,一时踌躇起来。

——是舞厅吧……

他先是眉头深锁,但最后还是跟着走了进去。

狂乱而又响亮的噪声形成了的轻快节奏。

国籍不明的爵士乐团演奏着喧闹的音乐,成群的客人在昏暗的舞池里随音乐摆动。他们拥着看上眼的美女，彼此紧贴在一起。

英国人、意大利人、俄国人、日本人，甚至还有看起来像中国人的客人。

在上海的舞厅，无论客人还是工作人员，一概不问国籍，更无敌我之分，这里只问有没有钱。本间一走进舞厅，便有五六十名令人眼前一亮的美女一字排开，恭迎大驾。那奢华绚烂的程度，让本间大受震撼。

店里工作人员频频前来，想向他介绍舞伴。本间却打断他，要他带自己到可以环视整个舞池的座位。

他巡视四周，发现草薙坐在舞池附近的座位上，独自饮酒。

他既没和女人一起跳舞，也不像在等人。

——眼下也只能先观察一下了。

本间拿定主意，叫来服务生，点了杯酒。

这时候不能喝醉，所以他只端起威士忌浅尝，这时，草薙起身。本间的目光紧跟着他的动作。

草薙的身影消失在舞池深处一扇不显眼的门后。

本间急忙起身，朝草薙追去，来到他消失的那扇门前。这时，店里的服务生突然挡住本间的去路。

身穿黑衣的服务生尽管满脸堆笑，却一面说"No"，一面双手伸向前方，坚绝不让他靠近那扇门。

——不让人白白通过是吧……

本间微微皱眉。在上海，没有钱买不到的东西。但要出多少钱才能打开这扇门，他心里没底。

他把手伸进口袋，想拿出钱包。这时，他指尖碰触到某个冰冷的东西。

取出一看,原来是一枚硬币。

本间不解。

他完全不记得自己口袋里何时放了这个东西……

猛一回神,他发现那名服务生正专注地望着那枚硬币。本间灵光一闪,将手中的硬币递向那名服务生。

身穿黑衣的服务生接过硬币,仔细检查正反两面后,抬起头来,身子侧向一旁,为本间打开那扇门。

本间走进后,背后那扇门立即关上。

里头像迷宫般,垂放着许多厚重的布帘,本间一一拨开它们。接着,他来到一处宽敞的房间。

房内弥漫着呛人的紫烟,视野变得一片模糊。

附近的桌子传来轮盘的转动声,隔了片刻,哄然响起一阵欢呼声。紧绷的空气随之缓和,接连传来筹码移动的清脆声音。

——这是……

本间这才明白自己来到了什么地方。

原来这里是会员制的秘密赌场。刚才那局轮盘赌,肯定是投注了足以葬送某人一生的可怕金额。

突然,有个酒杯递至他面前。

本间为之一惊,朝对方望去,眼前站着一名朱唇美少女。

"谢谢……"

接过酒杯后,对方嫣然一笑,走开了。

从背后看这名身穿紧身旗袍的少女,发现她的腰身无比纤细,看上去相当中性,就像是……

不,那人不是少女。由于涂了口红的缘故,让本间一时误会了对方的性别,其实那是一名少年。看来,在这座赌场里,眉清目秀的美少年会涂上口红，身穿女式旗袍替客人服务。

本间朝少年的背影注视了半晌，接着暗啐一声，摇了摇头。此时不是为这种莫名其妙的事分神的时候。

他用手中的酒杯遮住脸，沿墙边移动，尽可能不引人注意地搜寻草薙的身影。

不在，这张赌桌上也没看到他。

他去哪儿了？

本间环视房内时，突然有个意想不到的身影映入他眼中。

一名两旁站着外国美女、全神投入赌博中的男人。他放纵地喝着杯里的酒，朗声大笑……

本间难以置信，双目圆睁。

6

明明才早上九点，但房内的空气却像黏在身上似的，酷热难当。装在天花板上的巨大风扇，只是在搅动一团闷热的空气凝固体。

宪兵中士本间英司腋下夹着宪兵帽，立正站好，他黝黑的脸上从刚才起就直冒汗珠。

本间将视线移向坐在办公桌对面的宪兵上尉及川政幸，一如以往地在心中暗暗咋舌。

及川上尉让本间在一旁等候，自己则是忙着翻阅今天一早从陆军大本营用船运来的文件资料，但令人吃惊的是，他额头上一滴汗也没有。

及川上尉从文件中抬起头来，朝挂在墙上的时钟瞄了一眼后，开口道：

"不好意思，让你久等了。"

"不，没关系。"

本间立正应道。

"你找我有什么事？"及川上尉双肘撑在办公桌上，十指交叉着问道，"你是想私底下向我报告这次事件的真相吗？"

"是。关于这件事……"

走到了这一步，本间踌躇了起来。

像现在这样站在清晨明亮的阳光下思索，他觉得自己的想法实在既愚蠢又荒唐。

本间打定主意，双眼笔直注视着及川上尉鼻梁挺直、肤色白净的脸，开口道：

"此次的事件是及川上尉自导自演的。"

及川上尉的表情没有任何变化，仍旧以他那沉静、宛如学者般的冷峻眼神凝视着本间。

本间虽然觉得坐立难安，但还是鞭策自己继续往下说。

"那场爆炸风波是及川上尉您在自己家中装设的炸弹造成的。您为了掩饰自己的罪行，佯装这是上海近来频发的抗日事件，将自己的房子炸毁。为此……"

"我的罪行？"

及川上尉微微蹙眉，低语道。

"那是……"

"算了，无所谓。你继续说。"

"是。为此，许多无辜的人受到波及。"

本间说到这句话时，及川上尉突然嘴角轻扬，露出诡异的笑容。

"你指的该不会是那两个坐在我家门前的乞丐吧？还是老是吵着

要我坐他车的那名黄包车车夫？或是到我家帮佣的阿妈？如果是这样，你就错了。那个阿妈每次来，都会偷走我一些小东西。这上海有哪个人是清清白白、完全无罪的？况且，就算他们死了，也没人在乎。"

"那么，您这算是承认了吧？承认您在自家装设炸弹？"

本间停顿了半晌。

"……是又怎样？"

语毕，及川上尉慵懒地往后靠向椅背。刚才那沉静、冷峻的表情就此出现裂痕，从缝隙中露出另一张陌生男人的脸。他带着冷笑，没有一丝内疚……

在道出自己想法之前，仍对此半信半疑的本间，这下终于确认自己亲眼目睹的那一幕并不是梦。

那天……

本间跟踪草薙行仁来到一处会员制的秘密赌场，看到一名令他难以置信的人物在场。

那是两旁站着外国美女、兴奋地脸泛红潮、投入赌博中的及川上尉。

本间若无其事地向附近一名英国人询问，得知及川上尉是这家赌场的常客。

但不可能有这种事。

在会员制的秘密赌场里一掷千金，足以毁了一个人的一生。就算有机密费的补助，但这实在不是一名日本宪兵上尉可以常来的地方。

本间耳畔突然传来如雷的欢呼声，好像是有人玩轮盘中了大奖……

他脑中浮现出一个奇怪的疑问。

那就是及川上尉家发生恐怖事件的时候……

爆炸发生的瞬间，本间马上伏身卧倒，在及川上尉出声叫他前，动都不敢动。本间当时以自己的怯懦为耻，但事后仔细一想，那反而是理所当然的举动。前些日子，沪西地区宪兵分队队员亲眼目睹那栋有好几家日本企业入驻的大楼，遭数发迫击炮弹，因而崩塌。当时及川上尉也在现场。既是这样，猜测接下来还会有第二次、第三次爆炸，也是理所当然的事。

但及川上尉却在爆炸发生后，毫不迟疑地冲向窗边。如果当时及川上尉早就知道不会有第二次爆炸的话……

悄悄走出赌场的本间，接下来花了三天的时间彻底展开调查，他发现沪西地区宪兵分队的保管库里有大量的鸦片不翼而飞。

及川上尉将宪兵队在行动中扣押的鸦片暗中运出转卖。赚得的钱，就成了他在上海夜生活的费用……

及川上尉就像变了个人似的，放荡地冷笑。本间忍不住移开目光，不敢看他。

——在上海待上五年，实在太漫长了。

这并不是普通的五年。

这段时间，日本与中国在上海展开激烈的军事冲突，结果原本被派遣来维持军纪和保护当地日本人的上海宪兵队，被迫执行收集当地情报、对付以日本人为目标的恐怖分子的任务。

上海治安最差的地方，就属沪西地区了。担心会在人群中遭到暗杀的紧张感，总是如影随形。而另一方面，一到晚上，上海又转换成蛊惑人心的面貌，诱惑着所有居民。

及川上尉为人认真，又有洁癖，总是力求完美的个性，最后毁了他自己。

宪兵基于任务性质，得出入各种场所。餐饮店、舞厅、鸦片窟、妓院，还有赌场。及川上尉当初应该也是为了取缔才会去那间会员制赌场。

但他却败在诱惑之下。站在赌场经营者的立场，能卖个人情给以军事手腕统治上海的日本宪兵队分队长，真是求之不得。他一开始故意让及川上尉赢钱，也许还献上上等好酒加以祝贺，或是以美女相赠。之前总是认真执勤、从不玩乐的及川上尉，就此成了俘虏。有人悄悄在及川上尉耳边说道："你们的保管库里放了好多鸦片，可否转让一些给我？我可以介绍给您更好玩的。"

从那之后，及川上尉就和上海一样，有昼夜两种不同的面貌。

白天，他戴上分队长的面具，冷静沉着，充满责任感。

晚上，他是个纵情欢乐的男人，追求无尽的欲望。

这两种面貌有着极大的落差，反而没人发现。

但这时，有人发现保管库里的鸦片数量与记录不符。

此人正是宪兵伍长宫田伸照。

他并不是在调查宪兵队的内奸，而是追查保管库消失的鸦片的下落。

——是宪兵队内部的人私自运走了鸦片。

得出这项推论的宫田伍长，做梦也没想到，分队长及川上尉竟然会监守自盗，运出鸦片，而他还主动向及川上尉报告鸦片失窃的事。于是他奉及川上尉的指示，独自秘密调查此事。

而就在一星期前，宫田伍长在沪西地区巡逻时，遭人从背后开枪射杀，倒卧在血泊中。

可能是在宫田伍长查出真相前，及川上尉先下手为强。

尽管上海宪兵队全力调查此事,还是找不出杀害宫田伍长的凶手……

一路展开调查的本间,突然想到某个可能,于是再次前往那座秘密赌场所在的舞厅,找来负责人。在本间的套话下,对方供称,有一名负责服侍及川上尉的少年,几天前突然下落不明。

"你们分队长想对他怎样,是他的自由。不过,他要是没付我钱,那我可就伤脑筋了。"

舞厅的负责人耸了耸肩。

上尉对那名行踪不明的少年做了什么事,以及他后来的下场,本间已了然于胸。

及川上尉给了少年一把枪,命他佯装成抗日分子,射杀出外巡逻的宫田伍长。接着,他再杀死那名射杀宫田伍长的少年,把他混进那排尸体中。

那场爆炸事件,就是他为此自导自演的一出戏。

只要没找到射杀宫田伍长的凶手,上海宪兵队就会以持续调查杀害同伴的凶手为第一要务。至少在这段时间,没人会注意保管库里的鸦片。而且,宪兵队地区分队长的住宅遭人炸毁,会让众人觉得抗日事件频发。而宫田伍长遭射杀一事,也是抗日分子所为。

而且及川上尉若无其事地向总队长透露,在住宅遭炸毁时,他正好与本间在一起,替自己制造了不在场证明。那天早上,及川上尉先让本间在一旁等候,并不时窥望墙上的时钟,其实是在估算限时装置引爆炸弹的时间。

但遗憾的是,D机关的草薙行仁向本间透露了真相。

当天,草薙故意让本间跟踪自己。

怎么想都只有这个可能。举例来说,那不知何时落入本间口袋里的陌生硬币（会员制秘密赌场的入场券），是在一开始差点撞上草薙时，草薙偷偷放进他口袋的。要不是有那枚硬币，他甚至不能进入赌场。而且草薙故意让本间跟踪自己，让他目击及川上尉在赌场里的模样……

不仅如此——

本间向《上海日日新闻》确认，得知那里的确有盐冢这名记者，但最近刚好离开上海去采访。

与本间碰面的人是假冒的盐冢。

对方之所以假冒盐冢的名字和经历，是为了博取本间的信任。本间一听说来见他的人是自己以前逮捕过的人，便轻易地解除戒心，也不进一步确认对方身份，便相信对方说的话。为了掩饰更大的谎言，得在当中略微加进一些真实的情况。真正的盐冢可能真的在前些日子返回内地时，从他在陆军省主计课的朋友口中听说关于D机关的传闻。草薙反过来利用这项泄露的事实，煽动本间对D机关的戒心，并让他看照片，计划让他跟踪自己。

草薙利用本间来揭发及川上尉的罪行。

为什么？

及川上尉的存在与D机关准备在上海展开的"伪钞战"抵触，也可能是一手掌控鸦片通路的青帮认为及川上尉很碍事。

——宪兵队的问题，就让宪兵队内部处理。

就算他们打定这个主意，也不足为奇。

但及川上尉算是个杰出人才，甚至还和陆军中将横泽的千金敲定了婚事。就算告诉东京的宪兵队总部，这个男人被上海迷住了心窍，也没人会相信。只有了解上海这个城市，呼吸着这里的空气的人，才能明白及川上尉的行径。话虽如此，要是让那个无能的涌井总队长知道此事，不知道会引发何等轩然大波。于是，草薙才向"待过特高"的本间透露真相，"督促"他处理此事。

及川上尉倚着椅背开口道：

"那么，你想要怎样？"

"请公开宫田伍长死亡的真相。"本间说出事先想好的台词，"当然也包括射杀宫田伍长的凶手后来的下场。"

"如果这么做，运气好的话，我会被调职；运气差的话，我会被送交军事法庭审判。"及川上尉耸肩说道，"和横泽中将家千金的婚事，也会就此告吹。"

"那也没办法。"

及川上尉的眼睛眯得像条细线，凝视着本间，但接着，他突然嘴角轻扬。

"你要如何让人相信？"

"咦？你说什么……"

"你说一切都是我一手安排的，却没半点证据，只有你的片面之词。如果你今天死在这里，一切将会就此消失于黑暗中。"

本间感觉到背后的门悄然开启。

——原来如此……

他不用回头，也猜得出是谁站在身后。

是宪兵上等兵吉野丰。

他就是先前在爆炸现场怔怔地望着那名中国少年的尸体，本间出声叫他时，便神色慌张离开现场的那名来自乡下的高大男人。

本间在调查过程中得知，吉野上等兵是及川上尉的共犯。

从保管库运出鸦片时，及川上尉利用吉野上等兵来帮他搬运。当然了，吉野上等兵也分得一笔相当的报酬。

看过宫田伍长的下场，本间当然不难想象，这两人打算让察觉真相的他就此从世上消失。若真是如此，此时吉野上等兵或许已持枪瞄准自己……

本间看着前方，缓缓地说道：

"如果我死了，写下真相的那封信就会寄到两个人手上。"

他故意让身后的人也听到。

本间死也不会说出究竟会寄给谁。

两个人分别是租界警务处的詹姆斯探长和《上海日日新闻》的盐冢。

就算信寄到他们手中，他们会采取行动的可能性还是微乎其微，但只要及川上尉不知道信会寄给谁，就不敢轻举妄动。

及川上尉侧着头，露出沉思的模样，接着他高举双手。

"我投降，就照你说的去做吧。"

这大大出人意料的举动，反而令本间起疑。

"您……该不会是打算自裁吧？"

"自裁？"

及川上尉一时哑然，接着他低声发笑。

"怎么可能！不管是被调职，还是接受军事审判，那又怎样？你听好了，我在上海这五年，只学到一件事，那就是人不管犯了什么罪，遭受多大的耻辱，一样可以活下去。更何况，我只是不能和陆军中将的千金结婚罢了。哼，我干嘛非死不可？"

语毕，及川上尉望向本间背后。

"好了，把枪放下。你也听到了吧？宴会结束了。很遗憾，天下没有不散的宴席……"

话说到一半，及川上尉突然睁大双眼。

"你干什么……"

砰。

耳边响起一声巨响，本间顿时全身僵硬。

——我被射中了吗……

但下个瞬间，本间看到坐在他前方椅子上的及川上尉，胸口有一圈血红色在向外扩散。

他惊诧地回过头。

吉野上等兵右手握着枪，枪口笔直地对准及川上尉。

砰，砰。

屋内再度响起两声清脆的枪响，每次及川上尉的身体都随着枪声从椅子上弹起。他那圆睁的双眼，已失去活人的光芒。

"住手，吉野上等兵！"

吉野上等兵缓缓转过头面向他。吉野脸上泛着奇怪的表情，仿佛这才发现本间在场，因而感到不可思议。

"吉野上等兵，你为何朝及川上尉开枪？"

"……为了替我的爱人报仇。"

吉野上等兵以机械般的声音回答。

"爱人？你说的是谁……"

本间话说到一半，脑中陡然浮现出几个事件的画面。

涂着鲜艳口红的嘴唇。

递上酒杯的美少年。

怔怔地望着少年尸体的吉野上等兵。

蝶形的胎记。

少年尸体上的蝶形胎记位于平时穿上衣服就看不到的位置。吉野上等兵所说的爱人，难道是……

"等等,吉野……"

本间向前跨出一步,但吉野上等兵已抢先用枪口抵向自己太阳穴,扣下板机。

他眼前躺着两个被魔都迷住心窍的男人的尸体。

——你有能耐处理这样的情况吗?

在暗处有一双眼睛以试探的目光凝视着本间。

XX

1

不好意思，可以给我杯水吗？因为他竟然就这么死了，实在太令人意外了……

谢谢，我现在冷静多了。没事……我已经没事了。我会把我知道的，全部说出来。

那天，我和他约在我住的公寓见面。

我已事先将公寓钥匙交给他。他因为工作的缘故，总是很忙碌，我常独自在家，所以自然约在家里见面。

那天，我看练习的时间可能会比平时久，于是从外头打了通电话回家。时间应该是下午两点左右吧？是他接的电话。

……现在回想，当时他很罕见地表现出消沉的模样，说话的声音很阴沉。但当时我有事要忙，所以只跟他说我会晚点回家，就挂断电话。要是当时我能察觉的话，也许就不会发生那种事了。

我记得好像是三点过后，练习才结束。

然后我马上打电话回家，但没人接听。

我心想,这么晚回来,他可能已经生气离开了,因为之前也常发生这种事,所以我决定邀好友美代子一起回家。因为家里还有吃剩的蛋糕,所以我想和她一起享用。

我打开门一看,他那双大皮鞋就脱在玄关。

美代子见状,很识趣地说了一句"那我先走吧",便打算离开。我留住她,朝屋里叫着。

但没人回答。美代子可能也觉得古怪,我们面面相觑,一起走进屋内。

走进厨房后,最先映入眼中的,是地上那摊鲜红的血水。

然后是他躺在椅子旁的身影。他的脸上露出痛苦的表情,样子真是可怕至极!

肤色变成紫色,圆睁的双眼翻着眼白……

一看就知道他已经死了。

我恐怕一辈子都忘不了那幕光景,但当时因为太过可怕,我脑中一片混乱,六神无主……

接下来,一直到美代子替我报警,我好像都呆立原地,双手掩面,放声尖叫。

2

"死者是德国人卡尔·施奈德。对外的身份是德国知名报社 Berlin Allgemeine 的海外特派记者,但他同时也是一名十分特别的间谍。"

飞崎一面报告,一面环视四周。

那是一处约五坪大小,四面都是白墙的小房间。在房间中央,设有一张细长的书桌，数名参与会议者围坐在桌子四周。

在座的几乎都是二十多岁的年轻人，和飞崎年纪相仿。他们中有人嬉皮笑脸，也有人一脸认真地聆听飞崎的报告。

长桌的一角，一般称之为"上座"的地方，一名年长的清瘦男人坐在那儿。那人年约五十，以日本人来说，他的五官深邃，面容端正，打从会议开始就一直闭着双眼，一语不发，乍看还让人以为他是在打瞌睡。不过……

现场没有一样东西"表里如一"。

这时候要是有个不清楚实情的人偷看这个房间的话，光凭每名与会者的发型，以及西装笔挺的模样，一定会以为这是某个民间企业在进行商务会议。

但事实上，包括报告人飞崎在内，与会者全都是隶属大日本帝国陆军的高级军官。

飞崎弘行少尉。

原则上是如此。

不过，他的职位以及随口说出的资历，其实也都是刻意安排的伪装。此刻在聆听飞崎报告的"同期"，如葛西、宗像、山内、秋元、中濑等人，也都是一样的情况。

而那名年约五旬，坐在上座闭眼聆听报告的清瘦男人，是结城中校。他是飞崎等人的直属长官。昔日是一名优秀间谍的结城中校，在退去间谍的身份之后，不顾陆军内部的强烈反对，独自创设了"陆军间谍培训学校"，通称"D机关"。

最初的一年缺乏预算，用陆军停用的鸽舍改建成的破房子充当培训场所，但过了不久，他们已能随意使用参谋总部一直扣住的庞大机密经费。如今他们在东京郊外拥有一栋三层大楼，以此作为根据地。

大楼一楼只挂着一块不起眼的招牌，写着"大东亚文化协会"。

结城中校甚至对掌控其财源的陆军参谋总部严格下令，"不管是谁，都不准穿军装进出。"所以外面的人根本不可能知道"大东亚文化协会"其实是陆军的间谍培训学校。

而这种近乎神经质的伪装，正表现出结城中校培训间谍的初衷。

——间谍是隐形人。

这是结城中校的口头禅。

独自一人留在陌生的外国土地上，融入当地，不让别人知道自己的真实身份，完全依靠自己的判断收集该国的情报，加以分析，暗中送回国内。这正是一名杰出的间谍应该做的。

"执行任务的时间为五年、十年、二十年，视情况而定，有时甚至得接连好几代人执行任务。间谍让人知道自己的存在，就是任务失败的时候。"

飞崎当初在接受D机关的审核考试时，结城中校凹陷的眼窝深处闪动着晦暗的光芒，如此说道。

你们绝对要舍弃出人头地这种世俗的观念。

成为间谍，就是这样。

低调，不起眼，像影子般的存在。如果这是间谍的一种理想形态，那么卡尔·施奈德就是有着强烈反差的另一种类型。

三年前，卡尔·施奈德以德国知名报社海外特派员的身份赴日，在东京市区内租了一栋两层建筑，连日邀请许多人在家里举办派对。

酒食征逐，纵情狂欢。留声机的音乐一直响到三更半夜，许多艺伎和来路不明、国籍与性别形形色色的自由艺术家，频频在他家中进出。

在这形势紧张的世道，日本宪兵队全面监视着住在东京的外国人，制作了一份详尽且机密的"外国人名录"。

宪兵队对这名行径夸张的德国人相当有意见，他们对施奈德展开了非比寻常的严密调查。最后，宪兵队制作了一份详细的报告书，里面记载了许多不会对外公开的事实，诸如他是极为秘密的纳粹党员，与盖世太保有接触，除了德语外，还能流畅地使用英语、法语、俄语、日语、北京话、广东话，是个语言天才。

"卡尔·施奈德被派来日本，是为了撰写迎合纳粹政权的报道。"

宪兵队员在报告书最后写下一针见血的意见。不过，他们似乎做梦也没想到，这名酒量过人、沉迷女色、喜好奢华、行事作风特别引人注目的德国人，竟然会是一名优秀的间谍。

施奈德之所以会被安上间谍的嫌疑，完全是一个偶然的契机。

一名被怀疑是共产党员而遭到逮捕的日本人，因耐不住特高警察的严刑拷打，供出了"施奈德"这个名字。

——卡尔·施奈德是为苏联效力的间谍。

起初没人相信他的证词。

施奈德在德国大使馆内有多名好友，常在大使馆进出。而且，他是秘密纳粹党员，还与盖世太保有接触。

像他这样的人，如果是为德军效力的间谍倒勉强说得通，现在却偏偏说他是苏联的间谍，这怎么可能？

这一定是被逮捕的人受不了痛苦，为了逃避拷问随口乱说。

这是宪兵队下的结论。

但为了谨慎起见，他们还是严密监视施奈德，结果查出令人惊讶的事实。

施奈德的目的似乎是要查探德国在远东的动向。对日本来说，此时揭发施奈德双面间谍的行径，并无多大的利益可图。倒不如说，此事若公诸于世，反而会被认为日本宪兵队这三年来一直没察觉施奈德的间谍行为，能力大有问题。

还有其他问题。

施奈德不只在德国大使馆吃得开，就算在日本陆军高层也人脉甚广，而且他在各国大使和高级军官的妻子当中，也颇受欢迎。要证明他是双面间谍，不仅困难重重，而且一旦证明此事属实，想要保住德国大使和陆军高层的颜面，几乎是不可能的事。

而另一方面，苏联大使馆表面上应该也会采取一概不知的态度……

相关人士是"横跨"三国的间谍，"处理"起来格外谨慎。这已是政治问题，远非宪兵队所能处理。

宪兵队与陆军参谋总部和外务省一再进行秘密会议，最后达成协议，认为暗中逮捕施奈德，私下拿他与目前被苏联逮捕的日本俘虏交换，这样的做法就算不是最好，也说得过去。

但在那之前，至少得先掌握施奈德是双面间谍的确凿证据，并"找出"他在日本的联络人和内应。问题是……

要由谁来处理。

这是不能公开的任务，而且万一失败，要背负的责任，光想想就教人害怕。

最后，烫手山芋丢给了D机关。

——这是清理间谍的工作，就由间谍来处理吧。

他们将这棘手的任务丢给D机关时，只说了这句话。

3

"这件事由你处理。"

飞崎被结城中校召见时,马上察觉出上司的言外之意。

——毕业考。

一定是这样。

D机关既然是一所间谍培训学校,在此接受训练的人,势必得"毕业",成为独当一面的间谍。事实上,和飞崎一起受训的学生当中,已经有几人从D机关"毕业"了。

不过,这些人接获何种任务,被派往何处,或是因为什么理由离开D机关,在校生一概不知。

他们会在某天突然不见踪影,也许再也无缘相见。

不过,在他们消失前,结城中校一定会指派给他们某项任务。

——地点和任务,视毕业考的结果而定。

这是留在D机关里的人心中都明白的事。

他遵照先前的训练方式,迅速看完指示书。

结城中校那凹陷的眼窝深处,一双细眼微睁,问道:

"你知道该怎么做吗?"

飞崎默默颔首。

结城中校闭上双眼,深深靠向椅背,一脸疲惫地开口:

"……既然知道,就马上着手进行吧。"

不用他说也知道。

飞崎走出办公室,马上开始行动。

首先要掌握施奈德是双面间谍的关键证据。

既然已经确定目标，就某个角度来说，这是项简单的工作。

从事谍报活动，交换情报是最重要的工作，施奈德应该也会以某种形式将到手的情报送回国内。

只要是从日本国内发出的国际电报，都会被递信省[①]接往D机关的秘密线路记录下来；而打到国外的电话，则是全部集中在电话局，电话线同样也接往D机关，留下记录。

这当然是不能对外公开的非法窃听，但既然D机关本身的存在就是一项机密，质疑其合法性根本毫无意义。

飞崎调阅施奈德的发信记录，成功挑出几份可疑的通讯。

同时他也确认过施奈德的书信。

寄往国外的信件，包括从大使馆寄出的书信，全部都会先集中到中央邮局，再统一寄往D机关。D机关以完全不留痕迹的特殊方法拆信，复印其内容后，于两个小时后将它恢复原状，送还中央邮局。

不用说也知道，这同样是非法的行为。

经过仔细的调查，飞崎发现，施奈德在乍看之下平凡无奇的文字中暗藏密码，以极其巧妙的方式书写机密情报。

另外在调查过程中，还扣押了一项关键性的证据。

他们很早便知道东京地区有一处非法的无线电发送所，会发送密码文件。通过三角定位法，虽然锁定目标处两公里范围内的地区，但由于对方发信时间很短，无法进一步追踪。不过，持续在暗中监视施奈德的飞崎，某天终于确认了施奈德从租借的渔船中发送

[①]日本战前的中央政府机关之一，主管通信、交通、电力等业务。

出的无线电。

与苏联情报机关所用的波段相吻合。

这么一来就很确定了。

不进行情报交换的间谍,无法称之为间谍。但是就算再优秀的间谍,在发送情报或接收情报的瞬间,也得脱下伪装的面具,暴露出真面目。

——间谍一旦被人怀疑,一切就结束了。

结城中校常挂在嘴边的话,此刻就呈现在面前,让飞崎感到脊背发凉。反过来说,这项证据也显示出过去施奈德有多么受人信任,不被怀疑……

"卡尔·施奈德选择的'伪装'前所未见,如果不是偶然被人供出,别说是宪兵队,恐怕就连我们也不会发现他的间谍行动。"

飞崎继续对与会者报告——不,倒不如说他是对闭着眼的结城中校报告,因为与会者手中没任何文件。在D机关里,报告书和资料一律都是看过之后便马上归还,严禁笔记。

"对施奈德来说,酒、女人、连日的派对狂欢,正是他瞒过日本宪兵队的手段。他与秘密工作员见面时,一定会举办盛大的派对,让他们混在其中。他整晚将留声机的音量开到最大,为的是让屋内装设的窃听器失去作用。"

以明目张胆的作风来消除别人对他的怀疑。

这是颠覆间谍常识、出人意料的奇招。

施奈德来到日本这三年来一直都用这项奇招,成功躲过了日本宪兵队多疑的目光,很有效率地在东京架起机密的间谍网。同时,他与德国大使馆以及日本陆军保有紧密的关系,提供一些无关紧要、不会损及苏联利益的情报,并持续向苏联传送德国方面的重要情报。

放长线钓大鱼。

虽然他是敌人，但手腕过人，连飞崎也不禁佩服。

但施奈德身为间谍，既然遭人怀疑，就如同赤身裸体暴露在敌人面前。

他苦心建立的日本间谍网，已被掌控。

接下来就是秘密逮捕施奈德，避免打草惊蛇。飞崎持续监视施奈德，找寻下手的最好时机。然而……

结城中校仍旧闭着眼，从飞崎走进屋内后，第一次开口。

"发现被人监视的施奈德，有没有可能是因为认定自己无法逃脱而自杀？"

"这个……"

飞崎吞吞吐吐，与会者的目光全往他身上招呼过来。

在众人的视线中完全感受不出任何情感。

——目标在被逮捕之前死亡。

这是D机关的学生绝不该有的疏失。

4

"首先，"过了一会儿，飞崎才缓缓开口道，"就当时的状况看来，我不认为施奈德已发现我在监视他。"

那天……

在飞崎持续进行监视的公寓里发生了一场骚动，而飞崎得知施奈德死在房里的消息之后，愣在当场，几乎动弹不得。

不可能。这是他的第一反应。

不是不能发生这种事，而是不可能发生这种事。

之后,飞崎多次回顾自己的行动,他始终不认为自己犯过什么疏失。

那么,又怎么会发生这种不可能的情况?

他百思不得其解。

经过一番痛苦的抉择后,飞崎主动向结城中校提议,召开这场有可能成为批判大会的会议,为的是公开那"看不见的真相"。

"可是还有遗书的问题。"坐在飞崎对面的葛西,以冷漠的口吻说道。双眼细长、双唇艳红、个头矮小的葛西,在同期学生当中,素以"精明干练"闻名。

"目标在自杀时留下遗书,没错吧?"

众人的目光再次往飞崎那里聚集。

正如葛西所言,刚才传阅的文件中,包括一份像是施奈德留下的遗书。

> 我对人生感到失望,决定一死。

在信纸上以平假名写成的遗书,整齐地放在施奈德公寓的餐桌上。

正因为有这份遗书,警方才断定施奈德是自杀。可是……

对警方来说,死者不过是"德国一家知名报社的海外特派员"。

宪兵队、特高,以及一般警察处理的案件的分界非常模糊,三者互争地盘的情况相当激烈,所以彼此不可能分享情报。

警方并不知道施奈德的另一面,既然如此,他们自然没理由怀疑他不是自杀。

结城中校发问后,便深深靠向椅背,双臂交叠,闭目瞑思。

飞崎瞄了他一眼,继续说道:

"施奈德是个很杰出的间谍,发现我在监视他,就选择了自杀,未免不太自然。"

与会者应该都能理解他话中的含意。

除了战场,再也没比有人丧命更吸引周围人注意的事了。

——不自杀。不杀人。

这是进入 D 机关的学生一开始便被灌输的"第一戒律"。

听说当初设立 D 机关时,在陆军内部引发了一股异常猛烈的反对声浪。

其中一项原因,当然是日本陆军认为间谍行为"卑劣"、"变态"的传统价值观造成的。

不过,原因恐怕不只如此。

在军中,杀敌或是被敌所杀向来被视为一种默契,而公然否定杀人与自杀的 D 机关,是会让周围跟着腐败的"危险异物"。陆军肯定是在无意识里发现了它的本质,才会本能地感到厌恶,而有了这么大的反感。

"不过,"葛西等到飞崎停顿的空档,再次开口道,"如果不是自杀,就可能是意外事故或他杀。倘若是意外事故,应该不会留下遗书。换句话说,你的意思是施奈德是他杀,而遗书也是伪造的?"

"我只是说,为了谨慎起见,应该考虑是否有这个可能。"飞崎不悦地回答,"施奈德是德国与苏联的双面间谍。以他的身份,不管什么时候被苏联或德国的情报机关所杀,都不足为奇。当他意外死亡时,确认是否有他杀的可能,并非无谓之举。"

"不过,真要这么说的话,你的行动早就否定了施奈德遭到他杀的可能性。"

葛西的嘴角轻扬，露出嘲讽的唇形，指出这点。

"你刚才说过，'那个女人和朋友一起回家，接着马上发生了一场骚动。一人冲出屋外，带回附近警署的一名警察。'；而另一方面，你还说'施奈德进屋后，一直到女人回来前，都没人进出。这段时间，屋内一片死寂。'从公寓的平面图来判断，那房间的出入口就只有那扇门。如果施奈德是他杀的话，凶手又是如何在现场进出？"

——他说得一点不错，引用的话一字不差。

不过话说回来，这种程度，D机关的每个人都办得到，这也是理所当然的结果。

飞崎沉默不语。

坐在墙边，双臂盘胸，静静听他报告的宗像那对浓眉底下的大眼陡然一亮地，开口道：

"施奈德是死在公寓的二楼，对吧？有没有可能是某人从建筑的另一侧窗口进出？"

"另一侧窗口面向人来人往的大路。如果白天有人从二楼的窗口进出，应该马上会有人报警才对。"

"这么一来，就没人会在命案现场进出。"葛西不怀好意地笑着说，"也就是说，这是不可能的密室杀人案件。"

飞崎听出他话中带刺，双眉微蹙，一语不发。

密室杀人，或是不可能的杀人案件，终究只算是"文字游戏"，不可能成为正式讨论的前提。

结城中校仍闭着眼睛，突然插话：

"……目标的死因为何？"

"从解剖的结果得知，施奈德的死因是氰化物造成的窒息。"飞崎脑中浮现出暗中取得的验尸报告书,回答道,"用的是很普遍的氰化钾,要锁定来源有些困难。"

"咦,不是失血致死吗?"坐在飞崎身旁,身材高大的秋元惊讶地问道,"根据现场照片,施奈德看起来像是倒卧在血泊中⋯⋯"

"那不是血,是红酒。"

"红酒?"

"从洒满厨房地板的红酒中也验出了从尸体中验出的毒物。留有施奈德指纹的酒瓶和玻璃杯散落一地,所以他应该是喝了有毒的红酒而死,不会有错。"

"哦,加了氰化钾的毒红酒。顺便问一下,是哪个牌子?"

"玛歌酒庄(Chateau Margaux),是施奈德喜欢的牌子,他通过大使馆拿到的。在命案发生的前一个星期,他把酒带进了那名女人的公寓里。"

"法国酒吗⋯⋯"宗像猛然抬头,像是想到什么似的问道,"等一下。施奈德好像很擅长外语,他到底会几种语言?"

"有德语、俄语、法语、日语,还有北京话和广东话⋯⋯"

"那英语呢?"

"英语当然也很在行,应该说得和母语一样流利。"飞崎如此回答,接着反问宗像,"你为什么这样问?"

"我刚才看了施奈德的遗书后,很在意一件事。"宗像环视着众人,说道,"除了'我对人生感到失望,决定一死'这句话之外,他还在信纸右边角落的空白处写了几个小字,对吧?"

"你这么一说我才想到,信纸的右下角看起来有些脏⋯⋯"

葛西略带困惑地插话:

"可是,那不是在写字前用来试笔的痕迹吗?"

"也许吧。"宗像点了点头,接着说道,"但我看那像是两个并排的罗马字 X。"

"两个 X？"

"在英语里,两个 X 是表示'背叛'的意思。"

"这么说来,你的意思是施奈德想在遗书里传达他被某人背叛,或是他背叛某人的讯息？"

"有这个可能,搞不好施奈德除了德国和苏联外,还可能替英美其中一国效力,是个三面间谍。"

"三面间谍？太离谱了。"

葛西耸着肩,一脸惊讶,宗像不予理会,转身面向结城中校。

"您怎么看？"

结城中校微微眯眼。

"为了谨慎起见,先排除这个可能……"

他低声说道,接着开始向每个人下达指令。

"宗像锁定施奈德身边以英语为母语或是擅长英语的人展开调查。秋元去调查遗书原件,也许他用隐形墨水写了些什么。葛西去确认德国和苏联的大使馆动向,如果有哪一国的情报机关有所动作,应该会留下什么痕迹才对。山内去调查红酒的进口通路,必须将有可能碰触红酒的人全部列出名单。中濑……"

接受指令的人,纷纷一语不发地起身离去。

飞崎看出在这些面无表情的人的面具下,有着难以压抑的好奇心,不禁紧紧咬牙。

对他们来说,施奈德死后,反而成为更令他们感兴趣的狩猎对象。

不,应该说是同类才对。

飞崎在监视施奈德时，一再从他身上闻出和 D 机关的人同样的气味。

——教人受不了的自尊心。

就这点来说，施奈德和他们是同一类人。

根据调查，施奈德在来日本前，与纳粹高层的某人有过接触。他的目的是成为纳粹党员，加入盖世太保。在这样的隐身衣下，在日本为苏联政府行动。

极其复杂的伪装。

如果是头脑简单的人，甚至无法理解他这么做有何意义。不用说也知道，当有人怀疑他的身份时，他会被纳粹拷问，甚至处死，是相当危险的行为。同时，苏联当局也会将他印上"不可忽视的双面间谍"的烙印（马上被写进苏联秘密警察的"暗杀者名单"中），真是如同走高空钢索般危险。

站在苏联这边，在日本收集德国的情报；反之，则是站在德国这边，将苏联的情报送回德国。

无论是哪一个，如果只是为了达成目的，根本没必要让自己置身在如此危险的立场下。施奈德的行为，到头来只是一种近乎异常的兴奋感，或是他个人过度膨胀的自尊心所追求的"危险游戏"罢了。

而就这个角度来说，D 机关的学生可以说正是施奈德的同类。

D 机关那稀奇古怪的测验，以及赐予学生超乎想象的训练（而且只有"默默无闻"的未来在等着他们），他们都能欣然接受。

——能完成这项任务的人只有我。

——如果是我，这种小事一定办得到。

一切都是出自这种过人的自负。

（我不能输给这些人……）

飞崎强忍心中烧灼的烈火，以挑衅的眼神望向持续下达指令的结城中校。

然而，理应接受这项任务的飞崎，却迟迟没接到结城中校下达的指令。

他用余光望着其他人一个接一个离去，独自站在一旁咬牙切齿，几乎都可以听到自己的磨牙声。

他这才明白，自己在这里算是个"异类"……

5

——D机关用人的对象是"地方人"。

当初设立D机关时，结城中校的这项方针在陆军内部引发强烈反对，但飞崎是个例外。他一路从陆军幼年学校念起，经历陆军士官学校，最后官拜陆军少尉，算是"血统纯正"的陆军军官。

飞崎从小不知父母是何长相。他的父亲是名三流画家，在他出生前远赴巴黎。后来听人提起才知道，原来父亲跟另一个年轻女人私奔了；而母亲也在生下飞崎后不久，跟另一名年轻男人离家出走。他的父母后来如何，飞崎一直都不知道，也不想知道。

他这个被父母抛弃的婴儿，被送回祖父母身边，由他们养育。不过当时祖父母年事已高，不可能亲自照顾像他这样的婴儿，所以实际照料他的，是从附近贫穷农家到家里帮佣的一名未婚女性。

——千鹤姐。

年幼的飞崎总是这样叫她，紧黏着她。在祖父母那宽广的老宅里，只有在她身边，飞崎的内心才会感到安宁。

几年后，她已不再到家里帮佣，于是祖父母便命飞崎去参加陆军幼年学校的入学考试。年迈的祖父母面对与他们有所隔阂的飞崎，应该是不知拿他如何是好吧。也许对身为乡下望族的祖父母来说，看到飞崎，总会让他们想起自己儿子与媳妇的丑事。如果让飞崎到陆军幼年学校就读，只要花少许的学费，一切问题就都解决了。

飞崎在陆军幼年学校和后来的陆军士官学校，几乎都是以第一名的成绩毕业。这与大人的想法无关，是他与生俱来的能力与自尊心造就了这一切。

自陆军士官学校毕业后，他一路担任过连队里的士官预备生、见习士官、少尉。

连队少尉最初的工作是对新兵进行初期教育训练。

简言之，就是让通过征兵体检加入陆军的新兵，牢记直属长官的官阶和姓名。这项训练得从直属长官，即中队长的官阶和姓名开始默背，然后是上面的大队长和连长。接着再从师团长一路到天皇陛下，从下到上全部灌输进新兵脑中。这个训练的主旨就是"唤起身为天皇子民，同时也是皇军一员的自觉与感动"。

天皇的子民。

皇军的一员。

日本陆军这个组织如同以天皇为一家之长的大家族，要求每个人为了家长，更为了家族，自愿舍命奔赴战场。然而……

这太愚蠢了。

飞崎始终不明白，为什么自己非得为家族牺牲，为什么一定要舍命来守护家族？

对飞崎而言，他就读幼年学校和士官学校，之所以都能取得优秀的成绩，是为了自己，根本没有想过让家族这种不确定的因素来

"搅局"。

新兵通过训练，明白自己是天皇子民，是皇军的一员，甚至有人为此落泪，这令飞崎百思不解。当然了，飞崎身为教官，不能将这种情感表现出来。他始终都以冷峻的眼神观察四周和自己的内心，有效率地完成上级交付的任务。

而就在连队因陆军大演习而移师札幌时，发生了那起事件。

当时，飞崎有名部下因蛀牙化脓，发烧至四十摄氏度，脸颊肿胀到几乎快看不见右眼的程度。不巧的是，正好大队长下令要那名部下担任远距离侦察兵。飞崎向大队长陈情，请求改派其他人执行这项任务。但大队长却下令，要当事人马上到大队总部报到。

飞崎用防寒用的棉袄裹住那名因高烧而发抖的部下，一路扶着他走向大队总部。大队长一见两人这副模样，放声怒斥：

"你这是接受作战指示的态度吗！生病又怎样！为了大元帅陛下，就算是死，也求之不得。就算会死，你也得去！"

那名部下连站都站不稳，却仍想要敬礼，飞崎加以制止，代他开口道：

"虽然您这么说，但不过就是一个演习罢了，却要人强忍病痛，还说什么就算是死，也求之不得，这实在太愚蠢了。我不认为他现在能胜任远距离侦察的任务。我要找人代替。"

"你说什么……"

大队长马上脸色铁青。

"你刚才说什么？不过就是一个演习罢了……你的意思是，奉大元帅陛下之命的我，刚才说的那番话很愚蠢吗？"

"我没那么说。"飞崎不知该如何应付这名不可理喻的对手，接着说道，"若有言语冒犯，我在此向您道歉。可是……"

"还有什么可是不可是的！浑蛋，看我怎么教训你！妈的，你也是！竟然还穿着棉袄……马上给我脱下，立刻出发！"

大队长大步走近，伸手搭向部下身上那件棉袄的衣领，想要硬将它扯下。

"请等一下！"

飞崎忍不住挡在中间。

但当他回过神来时，大队长已一屁股跌坐在他面前。

大队长先是露出惊恐的表情，接着马上指着飞崎大叫：

"来人，抓住他！这是暴行犯上……抗命罪！我要你接受军事审判。"

飞崎呆立原地，那名发高烧的部下则是昏厥过去……

无论理由为何，陆军对"抗命罪"以及"暴行犯上罪"有明确的规定。一旦接受军事审判，飞崎肯定会被判有罪，会因此丢官。

——随你们高兴吧。

奉命闭门思过的飞崎，以自暴自弃的心情待在家中时，那名男人突然来访。

那是一位宛如黑影般的男人，顶着一头梳理得很整齐的长发，清瘦的身躯外穿着一件做工精细的西装。他走路时拖着一只脚，手上戴着没有一丝脏污的白色皮手套。

飞崎起初猜不出他是何方神圣。

"那个无法调教的人就是你啊？"

男人面露浅笑地问道，飞崎一语不发地耸了耸肩。

现在说什么都是枉然。

大队长不是什么正经人，但或许正因为这样，在军中才吃得开。如果他真的想毁了自己的部下，飞崎不过是一名小小的陆军少尉，不可能有人出面替他辩护。

"你离开军队后，可有什么打算？"

面对男人的提问，飞崎摇了摇头。虽然祖父母还健在，但他一点都不想重回故乡。

"这个嘛……也许是到满洲去当马贼吧。"

听完飞崎自暴自弃的回答，男人反而满意地点了点头，凑向飞崎低语道：

"既然你有这个意思，那就来参加考试吧。"

这就是飞崎与D机关以及结城中校的邂逅。

飞崎接受的考试，既古怪又复杂。飞崎一半感到惊讶，另一半则是因自负而不愿认输。

——除了我之外，有人可以通过这种考试吗？

飞崎暗自苦笑。但事实上，许多来应考的人，似乎成绩都和飞崎相当，甚至在他之上。

进入D机关后，每个人都有各自的假名及假资历，彼此的真实身份都不公开。根据他偶然听说的传闻，其他人好像都是一般大学的毕业生，是完全的"地方人"。虽然无从确认真伪，但其中似乎也有外国大学的毕业生。

D机关之后的训练极为严苛，考验学生头脑和肉体的极限。

——身为军人的我另当别论，这些地方上的少爷一定吃不了这种苦，肯定马上就会大喊吃不消。

飞崎的这个想法马上就被推翻了。

其他人几乎都是嘴里哼着歌，轻轻松松地完成上头给予的课题。

不，那是极其严苛的训练，就连受过军事训练的飞崎有时也觉得很苦。其他人之所以表现出这副模样，是基于"这点小事，我一定办得到"的可怕自负。

"别被军人或外交官这种无聊的头衔绑住。那不过是日后才贴上的名牌，随时都会剥落。此刻你们所面对的，就只有眼前的事实。当你们被事实以外的东西束缚住时，那件东西就会成为你们的弱点。"

结城中校还举了个例子，说基督徒把手放在《圣经》上宣誓时，不能随便说谎。接着，他批评起如今被神化的日本天皇制。

"理应是绝对现实主义的军人，却将组织里地位最高的天皇尊奉为现人神，视为至高无上的存在，这是原本不该有的事。被这种事绑住手脚，是对眼前状况误判的第一步。再这样下去，日军不管打什么样的仗，都无法赢得胜利。"

冷静分析状况的结城中校，再次强调今日间谍的重要性和急迫性。接着，他环视所有学生，说道：

"人活在世上，其实很容易被某种存在束缚住，那是放弃用自己的双眼去看世界的责任，也是放弃自己。"

如果真是这样的话……

D机关是很适合飞崎待的地方。

从小，周围的大人就常说他是个"冷漠的孩子"，而他也很不擅长与其他孩子打成一片。在陆军幼年学校和陆军士官学校，与那些同期生相处，常令他浑身直起鸡皮疙瘩。

相比之下，像D机关这种用假名、假经历相处的方式，反而令他感觉轻松许多。

谁都不知道他的过去，包括他没见过自己父母、他"殴打"长官而被陆军革职，以及他在理应从"地方人"中选拔人才的D机关里算是异类。

——别被束缚住。

结城中校那句话对飞崎而言,意味着"自由"。

至少之前一直是如此……

其他人全部离去后,房内只剩结城中校和飞崎两人。

结城中校靠着椅背,双臂抱胸,再次闭眼。

飞崎再也受不了了,主动开口道:

"我该做什么?"

结城中校微微睁眼,望了飞崎一眼。

——你再去调查那个女人当天的不在场证明。

这句指示打向飞崎耳膜。

那个女人?他一时不明白这句话的含意。指的是和施奈德有关的女人吗?

施奈德的父亲是德国人,母亲是俄国人。他有一双蓝灰色的眼珠,略嫌平坦的塌鼻,长相称不上端正,但颇为热情。他常发酒疯,说话尖刻,铺张浪费,兼具日耳曼人的冷峻与斯拉夫人的热情,个性相当复杂。此外,他还有波希米亚人随兴的气质,也许是这个缘故,他的女人缘颇佳。光是他来到日本后,与他发生过关系的日本女性就超过二十人。结城中校的意思,是要我将这二十多个女人当天不在场的证明全都重新调查一遍吗?

不,不是。

他指的是个体。

是指哪个女人?

这么一想,飞崎猛然惊觉。

"是她吗?可是……这不可能。"

飞崎摇头,但结城中校并未搭话。

他再次闭上眼,下巴往里收,深深靠向椅背。

他以沉默强制飞崎执行命令。

6

野上百合子有完美的不在场的证明。

施奈德写完遗书后自杀的那段时间，百合子正在她所属的T剧团练习场排戏。从剧团租借的练习场到她住的公寓，直线距离有五公里。就算再怎么开车狂奔，光往返也要十分钟以上。如果她让施奈德写下遗书，之后再让他喝下毒酒，时间上根本不允许。

另一方面，野上百合子当天也不可能离开练习场五分钟以上。她是下一场公演的第一女配角。换言之，她不可能消失在舞台上超过五分钟。如果当天的练习是"正式彩排"，那就更不用说了。

剧团的演出人员、训练生，以及其他三十多名相关人员，全都异口同声地证实她在排练现场。

为了谨慎起见，飞崎在事件发生时，曾伪装潜入审问野上百合子的警署里，偷偷翻阅了调查报告。

"我是在一年前认识卡尔·施奈德的。一开始，他是以客人的身份到我上班的俱乐部光顾。虽说他是德国的新闻记者，但日语说得很好，大家都被他吓了一跳。在众多女人当中，不知为何，他特别中意我，之后常到店里来。每次他来店里，我们就会一起聊天。他不仅说话风趣，也很会引人打开话匣子。有一次，我不小心说出自己想当演员的心愿，他非但没嘲笑我，反而鼓励我。不，不仅如此，第二天他已经替我安排好，让我接受演员训练。于是，我辞去俱乐部的工作，专门接受训练。从那之后，他便常到我的住处找我。我住处的电话，还是他为了方便从外面和我联络，出钱替我装设的……"

警方基于几个原因，一再对百合子展开比平时更为严厉的审问。

其中一个原因，当然是因为她在现今这种时局下，仍和外国的新闻记者保有亲密关系——尽管对方是日本的德国盟友，但还是很不寻常，这令警方相当怀疑。

再者，野上百合子曾因为"有激进的倾向与行为"，而遭高等女子学校退学。因为这个缘故，她的父母和她断绝了关系。她为了赚取生活费，才到俱乐部上班。

从调查报告中不难看出，她是个有智慧（尽管在现今的日本，这表示她的自由主义倾向过于强烈）、务实的年轻女性。

"我深爱着他。"面对警方的审问，野上百合子毫不腼腆地应道，"和他交往后不久，我马上就发现他除了我之外，还有其他情人。不过，我并没有放在心上。无论日本人还是外国人，有魅力的男人身边，总是有女人围绕。这不是他的错……"

野上百合子的这番话，也和周围人的证词相吻合。

面对一看就知道是施奈德其他情人的女性时，她也不生气，一样和气地接待她们。就算施奈德在家里开派对，在派对接近尾声时才叫她回家，她也会乖乖听话，没半句怨言，此事大家都看在眼里。

就动机来说，也很难认定是百合子杀害了施奈德。

还有遗书的问题。

我对人生感到失望，决定一死。

信纸上所写的文字，经过鉴定，确定是施奈德本人的笔迹。而且，施奈德写遗书所用的那支钢笔，还是他自杀当天买下的——这是飞崎亲眼看到的。

——难道他真的是自杀？

然而，若真是如此，他实在无法理解结城中校为何要特意命令他重新调查野上百合子的不在场证明。

推算施奈德死亡的时间，野上百合子确实身在五公里外的地方。难道她可以随意操控人在远处的施奈德写下遗书，并让他喝下掺毒的红酒？

这愚蠢的念头令飞崎不由自主地苦笑。与其要证明这点，倒不如认定结城中校判断错误，反而还比较自然。

回到高挂"大东亚文化协会"广告牌的大楼时，飞崎差点和一名正要从大门走出的人撞个满怀。飞崎说了一声"抱歉"，与对方擦身而过时，那人在他耳边低语：

"没有隐形墨水，用的也是普通纸张。"

"什么？"

飞崎不禁停下脚步，转身凝视，原来对方是他的同学秋元，只是刚才因为乔装而没有认出。

秋元向飞崎眨了眨眼，走出门外。

接着，在飞崎抵达房间前，他的同学不约而同地在走廊上现身，与他擦身而过，或是假装不期而遇，对他说道：

——会说英语的人，全都是些小角色。很遗憾，目标是三面间谍的可能性很低。

——特高已不再调查施奈德。

——确认过红酒的进口通路，没发现可疑人物。

——德国和苏联的大使馆没有任何异状，也看不出两国的情报机关有采取行动的迹象。

最后,来到房间前,葛西同样与他擦身而过,在他耳边说了几句话。

葛西正准备离去时,飞崎一把抓住他的手臂问道:

"为什么向我报告?"

"为什么?"葛西先是一愣,接着眯起眼睛应道,"因为这是你的案子啊。"

葛西粗鲁地甩开他的手,就此离去。这次换飞崎一愣,目送他离去的背影。

——我的……案子?

飞崎一面思索着这句话有何含意,一面无意识地走进屋内,在椅子上坐下。

许多话语在他脑中盘旋。

……施奈德的遗书没留下任何线索……普通的纸……我对人生感到失望,决定一死……看不出德国和苏联的情报机关有采取行动的迹象……会说英语的人,全都是些小角色……野上百合子没有任何疑点……XX是背叛的意思……

蓦地,有个东西卡在他脑中的某个角落。

某个微不足道,却又莫名令人在意的东西……

飞崎闭上眼,再次回忆起先前他在警署记进脑中的调查报告的内容。

7

"听说野上百合子招认了是她杀害了施奈德。"

结城中校隔着大办公桌低声说道，听在飞崎耳中，就像此事和自己毫无瓜葛一般。

"宪兵队前来感谢我们透露这项情报给他们，真是难得。"

结城中校如此说道，双唇嘲讽地扭曲了一下。

宪兵队原本就不打算将施奈德是双面间谍的"机密情报"告诉警方。

这三年来他们一直没发现施奈德在日本从事间谍工作，与其向警方坦承此事，还不如让整起事件当做是"一名头脑有问题的外国记者，在情人的住处自杀"处理比较好。但这时出现了另一个新的可能，那就是"日本人杀害盟友的新闻记者"。对宪兵队来说，这是个很好的借口，可以在不告诉警方实情的情况下，全权处理这起案件。

飞崎再也无法压抑那股直涌上喉头的不悦，蹙起了眉头。

他脑中浮现先前向宪兵队那班人透露情报时，他们看着嫌疑犯的照片，那伸舌舐唇、宛如野兽般的低俗表情。

野上百合子是名有智慧的美女。

不知她会遭受那群野蛮的宪兵队员何等侦讯，飞崎连想都不敢想。

飞崎第一次发现她供词里的矛盾时，脑中第一个浮现出的念头就是"不合逻辑"。

德国和苏联的双面间谍。举世罕见的花花公子。爱撒酒疯。说话尖刻。

施奈德树敌众多。在这之前，他不管何时、什么原因、被谁所杀，都不足为奇。

野上百合子只是刚好下手罢了。

为什么要由我来揭露她犯罪的事实……

但一旦发现矛盾，便觉得百合子的口供极不自然。

举例来说，野上百合子发现施奈德尸体时，为了叫警察来，她叫同行的女友到附近的派出所报警。可是，她家中明明就有电话（这对一般家庭来说，并不是那么普遍）。

为什么不直接打电话报警？

此外，她在口供里提到"接下来一直到美代子替我报警这段时间，我好像都呆立原地，双手掩面，不断放声大叫"，但一直在监视公寓的飞崎知道那不是事实。

两名女人走进公寓后，旋即发生了一场骚动。其中一名女人夺门而出后，公寓内一片死寂。

野上百合子需要时间独自留在现场。

为了将施奈德所写的"遗书"从另一个地方拿过来放在餐桌上，她需要一个人留在公寓里。所以，她不让同行的女人用电话，而是请她专程跑一趟派出所……

没错，那张字条根本不是什么遗书。

施奈德丧命时，那张字条应该就摆在电话旁。

在供词中，百合子并未隐瞒她与施奈德通电话的事，因为只要调出通话记录一看便知。

但无法从记录中确认通话内容。

"当时他很罕见地表现出消沉的模样，说话的声音很阴沉。"

她如此供述，但暗中监视施奈德的飞崎，却不觉得那天他的意志消沉到会走上绝路的地步。

打电话时，百合子一直和情人言不及义地闲聊，然后像是突然想到什么似的，说她有句下出戏会用到的台词，要施奈德将它抄下来。

　　我对人生感到失望，决定一死。

　　信纸事先就已备好放在电话旁。施奈德听从百合子的指示，照她说的话在信纸中写上日语——就用他当天买的钢笔。他万万没想到，会用它来写自己的遗书……

　　百合子之后说了一句"我今天的练习比预定的时间还久，可能会晚点回来，你可以拿红酒来喝"，便挂断电话。

　　她结束练习后，再次打电话回家，当时已没人接听。

　　"我心想，这么晚回来，他可能已经生气离开了。"

　　百合子如此供称，说当天的练习是"正式彩排"，但很难想象和正式演出以同样形式进行的"正式彩排"，会比普通彩排还久（至少不会拖得太晚，以至于在她住处等候的情人生气离开）。

　　为了谨慎起见，飞崎向剧团的演出人员进行确认。结果得知，当天的练习按照预定时间开始，也几乎在预定时间结束。

　　野上百合子说谎。

　　知道这点后，接下来不用想也知道发生了什么事情。

　　百合子为了让施奈德喝下掺毒的红酒丧命家中（证明在他死亡时，自己在远处），因而刻意向施奈德提供了错误的约会时间，而且还和一同工作的女性友人一起回家。当然了，这是为了让友人提供证词，证明她到家时，施奈德已经气绝身亡。

　　但应该不止这些……

　　从飞崎走进房间到现在，他第一次主动开口：

　　"关于杀害施奈德的动机，她说了些什么？"

"这也和您猜想的一样。"

结城中校紧盯着飞崎,未有一丝游移地回应道:

"野上百合子得知施奈德和她的朋友安原美代子关系亲密,深感嫉妒,因而动了杀机。这是她自己招认的。"

——这名优秀的国际间谍,长年巧妙地周旋在复杂诡谲的国际形势中,最后却错估了爱人的心……

飞崎如此思忖,感觉到无比讽刺。

野上百合子是个有自由主义倾向的聪明女人,之前就算目睹施奈德和其他人打情骂俏,也能淡然处之。但当她知道施奈德染指她的朋友——这个女人是她在剧团里的后辈,也是和她争夺角色的安原美代子——时,顿时感到妒火中烧,难以自抑。

不,也许施奈德已经发现了她的嫉妒之心。然而明明已经发现,却仍继续享受那紧张的快感吗?若真是这样……

写在信纸角落的那两个X,果然是"背叛"的意思。

施奈德一面和野上百合子通电话,一面感觉自己此刻正在"背叛"她。对施奈德而言,背叛自己重视的事物的感觉非常重要。就这个角度来说,"XX"代表了施奈德的内心世界,这正是这名作为双面间谍多年的男人最与众不同之处。

飞崎突然将视线移回到结城中校身上问道:

"您为什么会怀疑她?"

飞崎召开会议时,结城中校还没有看到野上百合子的供词。

别说施奈德有安原美代子这个情人,结城中校甚至连百合子的公寓里有电话一事也不知情。

但结城中校却命令飞崎重新调查野上百合子的不在场证明,当时他就已认定野上百合子是杀害施奈德的凶手。

结城中校眯起眼睛，凝视飞崎，低声回答他的问题。

"因为野上百合子和西山千鹤长得很像。"

听闻这个回答的瞬间，飞崎感觉就像正面挨了一拳，不禁闭上眼睛。

他眼中浮现出幼年时照顾他的那名年轻女性的身影。

提到"家族"一词，飞崎脑中想到的，不是从小抛弃他、未曾谋面的父母，也不是每每看到他便会想起父母的丑事、对他冷淡疏远的祖父母。他唯一会想起的家人，就是那名出身贫困农家、到祖父母家帮佣的年轻女人——西山千鹤。

"千鹤姐"，这名和他没有任何血缘的女人，是唯一无条件接纳他的人。

飞崎十岁时，"千鹤姐"便再也没到家里帮佣了，她因为结婚而离开了故乡。几年后，飞崎听说"千鹤姐"在产下第一胎后，弄坏了身体，最后罹患肺病而死。

飞崎在奉结城中校之命监视卡尔·施奈德的过程中，第一次看到野上百合子时，他简直不敢相信自己的眼睛。

——千鹤姐。

他差点叫出声来，野上百合子与西山千鹤的相貌如此相似。

不过，他并未因为这样而对监视施奈德的工作有所松懈。然而……

"目标死亡时，你正在监视他。不管他是自杀，还是被他国的间谍所杀，你都不应该没有发觉才对。"结城中校以不带任何情感的声音接着说道，"但你却只回报了一句'没有发觉'。你在D机关受到过训练，但那个时候却没用自己的双眼去看这世界。为什么？因为你被束缚住了。会绑住你的东西，就只有西山千鹤的亡灵，这是很简单的推理。"

结城中校说完后，这才移动视线，朝桌上望了一眼，问道：

"……你不打算重新考虑吗？"

摆在桌上的，是先前飞崎向宪兵队透露情报时，他写的报告书的最后一页。

那一页只写了"因个人原因，向D机关请辞"这句话。

飞崎一语不发，缓缓颔首。

结城中校靠向椅背，难得地叹了口气。

"你知道为什么D机关只录用男性吗？"

很唐突的问题。

飞崎默而不答，结城中校自己答道：

"因为女人会为了不必要的事物而杀人，为了'爱情'或'憎恨'这种微不足道的小事。"

——对间谍来说，杀人是禁忌。

在D机关受训时，飞崎不断地被灌输这种在军队中绝不能有的观念。

像影子般的存在。

既然这是结城中校要求的理想间谍形象，那么，会引人注意的杀人行为，便是最糟糕的选择。

此外还有一点。

——别被束缚住。

他不断被灌输这个观念，即"身为间谍，用自己的双眼来看清世界原貌的唯一方法"。

就结果来看，所谓的"毕业考"，并不是结城中校对学生的测试，而是透过"考验"，让学生自行判断自己今后是否能在结城中校手下担任间谍。

从这个角度来说，这次是飞崎的个人事件。

重点在于不被绑住，然而同时也意味着不再相信世上的一切，将爱情和憎恨视为微不足道的小事加以舍弃，甚至连心灵唯一的依靠也要背叛、抛弃。

飞崎始终无法抛弃"千鹤姐"的身影。尽管在别人眼中，那只是微不足道的东西，但人终究有自己无法背叛的事物，存在着自己无法抛弃的事物。

——一旦我抛弃了这些，我将不知道自己生存的意义是什么。

飞崎才明白这一点。

同时，他也意识到自己面对其他学生，始终觉得矮人一截的真正原因了。

最后他才知道，真正杰出的间谍指的是可以舍弃自己以外的一切事物，背叛自己所爱的人，独自生活却觉得十分自然的人。

我已经达到极限。

不管再怎么努力，我也无法成为像他们那样的怪物。

所以飞崎才会在报告书的最后写上那句话，表明他的选择。

结城中校见他辞意甚坚，便从抽屉里取出一张人事委任状，递向他。

"这是你的人事委任状。"

D机关里一概不会收发书面的人事委任状，全都是口头转告，或是看完就马上收回。

接获书面的委任状，即表示飞崎已不再是D机关的一员。

"新的工作地点是中国北方，听说会升你为中尉。"

结城中校以很敷衍的口吻说道。

话中有何含意，不用明说，飞崎也知道。

D机关处理的是陆军中枢的机密事项，当然也掺杂了一些违法的事物。军方自然不可能让"知道太多内幕的人"活着离开。

飞崎的新职务的工作地点应该是此刻正处在枪林弹雨下的最前线。

——先让他升官，然后给他葬身之所。

这是陆军最残酷的"体贴"方式。

飞崎收下人事委任状，夹在腋下，转过身，正准备步出房外时……

背后有人叫他的真名。

他转身回望，只见结城中校从椅子上站起，右手抵着前额，第一次朝飞崎做出军人敬礼的姿势。

"不可以死。"

飞崎对他的饯别回了礼，再次向后转，默默走出门外。

JOKER GAME
© Koji Yanagi 2008
First published in Japan in 2008 by KADOKAWA SHOTEN Co., Ltd., Tokyo
Chinese translation rights arranged with KADOKAWA SHOTEN Co., Ltd., Tokyo
through JAPAN UNI AGENCY, INC., Tokyo

图书在版编目（CIP）数据

代号D机关．第一部／（日）柳广司著；高詹灿译．－－北京：新星出版社，
2013.1（2020.6重印）
ISBN 978－7－5133－0880－9

Ⅰ．①代… Ⅱ．①柳… ②高… Ⅲ．①间谍小说-小说集-日本-现代 Ⅳ．①I313.45
中国版本图书馆CIP数据核字（2012）第214017号

午夜文库
谢刚 主持

代号D机关 第一部

[日]柳广司 著；高詹灿 译

责任编辑： 王　萌
责任印制： 李珊珊
装帧设计： broussaille私制

出版发行： 新星出版社
出 版 人： 马汝军
社　　址：北京市西城区车公庄大街丙3号楼　　100044
网　　址：www.newstarpress.com
电　　话：010-88310888
传　　真：010-65270449
法律顾问：北京市岳成律师事务所

读者服务：010-88310811　　service@newstarpress.com
邮购地址：北京市西城区车公庄大街丙3号楼　　100044

印　　刷：北京美图印务有限公司
开　　本：910mm×1230mm　　1/32
印　　张：6.375
字　　数：148千字
版　　次：2013年1月第一版　　2020年6月第三次印刷
书　　号：ISBN 978－7－5133－0880－9
定　　价：30.00元

版权专有，侵权必究；如有质量问题，请与印刷厂联系调换。